JN233015

淫内感染《いんないかんせん》2
鳴り止まぬナースコール
ジックス 原作
平手すなお 著
武藤慶次 原画
PARADIGM NOVELS 82

登場人物

城宮明日香《しろみやあすか》　院長の一人娘。表向きは、晃の婚約者。

深山佳織《みやまかおり》　副院長の娘で研修医。明日香とは同期。

杉村弘子《すぎむらひろこ》　晃づきの看護婦で、いちばんの性奴隷。

坂口晃《さかぐちあきら》　城宮総合病院の内科医師。院内の性を牛耳る。

御堂江美子《みどうえみこ》　晃に付きまとう、腕のいい外科医師。

飯村真奈美《いいむらまなみ》　薬剤師。晃が媚薬を調合させている。

折川皐月《おりかわさつき》　弘子の後輩。内気で嫌と言えない性格。

薗田愛美《そのだいつみ》　明るく元気で、仕事熱心な新人看護婦。

岩崎留美《いわさきるみ》　晃により別の病院に転勤させられた看護婦。

支手瑞穂《してみずほ》　コギャルな元患者。ちはやとは同級生。

倉本《くらもと》**ちはや**　晃の元患者。いまどきのカルい女子校生。

柳原理恵《やなはらりえ》　坂口の同期の妻。貞淑そうに見えるが…。

第二話　明日香

第五話　皐月

目次

プロローグ

ツー、ツー、ツー……。

ツー、ツー……。

坂口晃《さかぐちあきら》はナースステーションからかすかに聞こえるナースコールの音に、ふと気付いた。

その夜、宿直に当たっていた彼は、近く開かれる学会のためのレジュメをほぼ完成し終わって、自分のデスクのある診察室から病棟の巡回に出てきたばかりだった。この城宮《しろみや》総合病院は規模が大きいだけに、消灯後の時間が不気味《ぶきみ》なほど静かだ。しかし、彼は夜間の巡回がけっして嫌いではなかった……。

夜の暗闇《くらやみ》は人を淫蕩《いんとう》にする……。長期入院患者のなかには捌《は》け口《ぐち》のない性欲を持て余し、淫《みだ》らな妄想に耽《ふけ》って、眠れぬ夜を悶々《もんもん》としている者も多い。時々用もないのに若い看護婦を呼び出して、犯そうとする男たちさえいるのである。

じつは坂口は、そんな光景に出くわせば、きっと面白《おもしろ》いだろうといつも期待していた。


薄暗い、緑の常夜灯《じょうやとう》の明かりしかない長い廊下《ろうか》を急いで、彼はそこだけ煌々《こうこう》と明るいナースステーションに向かった。ガラス窓越しに覗《のぞ》くと、婦長が受話器を取っていた。

痩《や》せていて、つりあがった眼鏡《めがね》をかけている……。そのせいもあって、ぎすぎすした印象を人に与える中年女だ。おまけに、見かけの印象が悪いだけでなく、気の弱い看護婦をいたぶって、セックスに縁のない自分の歪《ゆが》んだ嗜虐癖《しぎゃくへき》を満たしているようなサディストなのだ。彼女が新米の看護婦を弄《もてあそ》んでいるところを坂口は何度も目撃したことがあった。どんな些細《ささい》なミスも見逃さず、容赦《ようしゃ》なく尻をむき出しにさせて、ぶったりするのだ。

だが、普段は他人に一部の隙《すき》も見せないその婦長も今は欠伸《あくび》混じりに、慌《あわ》てる様子もなく、のんびりと受け答えをしていた。

どうせ眠れない患者が大した用でもないのに呼び出したにちがいない。

あの底意地の悪い婦長と同じ日に宿直しなければならないとは、全くついていない。杉《すぎ》村弘子《むらひろこ》でもいれば、彼女を犯して退屈を紛《まぎ》らわすことができるのに……。

うんざりしながら、坂口はそう思い、先週の当直日、弘子と繰り広げた濃厚なセックスを脳裏《のうり》に思い浮かべた。弘子は、坂口が有能な内科医として、この城宮総合病院に引き抜かれてきた時から在籍していて、坂口づきになった看護婦だ。あの日は早く彼の部屋に来いと呼び出したのに、ずいぶん待たせたバツとして、目隠しプレイをした。

※　　※　　※

「遅いぞ、弘子」

「……すみません。でも、仕事が」

「何か言ったか」

「……い、いえ……。なっ、何も。すみません……」

「こっちへ来い」

「は、はい……」

「えっ……、あっ、せっ、先生？　坂口先生、な、何をっ！」

ネクタイで強引に後ろ手に縛《しば》ろうとする坂口に、弘子は抗《あらが》ってみせた。敏感すぎる部分を刺激されると、結局、カラダがどれほどいやらしく感じまくるか、彼女自身よくわかっているはずなのに、この頃の弘子は、また以前のように、すぐには素直に従わない。

これまでに何度か、自分から積極的に淫らになったこともあるというのに……。

「弘子、俺がセックスの相手としてオマエを呼んだ時は、坂口先生じゃなくて、晃さまだろうが……」

……坂口は赴任《ふにん》してまもなく、肉感的でマゾっ気のある外科の女医・御堂江美子《みどうえみこ》が手術室でこっそりオナニーに耽っているのを覗き見た瞬間から秘められていた欲望を解き放った。その江美子をはじめ、看護婦たち・薬剤師・患者でさえ、自分が性欲をかきたてられる女なら誰でも見境なしに犯し続けてきた。女たちの弱みを握り、それにつけ込んで脅《おど》し、次々とセックス奴隷のように扱う……。

プロローグ

そして、飽《あ》きれば、なんの迷いもなく捨てた。看護婦なら、よその病院に追いやったり、それができない女なら徹底的に無視してやったり……。だが、そんな娘たち以上に頻繁《ひんぱん》に嬲《なぶ》り、抱いてきた弘子だけは、ずっとなぜか手放す気になれないでいる……。誰でもが狂ったようにセックスしたくなる媚薬《びやく》を使って手懐《てなず》けた院長の娘・城宮明日香《しろみやあすか》は、この病院をわが物にしようという野望を持つ坂口にとって、手放すことができない女だし、薬剤師の飯村真奈美《いいむらまなみ》は、坂口の求める効力を持った媚薬を調合できる。だから、カラダで坂口から離れられないようにし続けている。でも、弘子はただの看護婦だ。

……なのになぜ俺は、いやというほど犯し抜いたこの娘を、まだ手元に置いているのだろうか？

坂口は時々そんなことを考えることがあった。

で、明らかに屈伏しているくせに、どこか精神の片隅で完全には服従していないように見える近頃の弘子の態度が、まだ自分の征服欲を充分に満足させきらないのではないかと思った。もっとも、せっかくセックス奴隷にした看護婦たちをほとんど捨ててしまった今となっては、新しく入ってくる看護婦を堕《お》とす手引きをさせる女として、後輩の面倒見がいい弘子ほどの適任者がほかにいないということもあるのだが……。

弘子の手を縛りあげた坂口は、さらに彼女を壁に押しつけ、難なく目隠しまでしてしまった。そうしてテーブルの横に立たせた。

「先生？　あっ、いや、こんな、何も見えない！　いっ、いや！」

だが、弘子の抵抗する声には、もう力がなかった。抗えば抗うほど、坂口の欲望に火をつけてしまうのをよく知っているのだ。

「くっくっく……。そのまま脚《あし》を広げてみろ」

「えっ？」

「早くしろ！」

「は、……はい」


見慣れた弘子のその部分のヘアは薄いほうで、柔らかい。

「よしよし。下着は着けてないな。……ガーターもつけている……。それでいい」

「……い、言われた通りにしています。……先生……、あの、何をすれば……」

「くくっ……よく見るのさ、おまえのアソコをな。……脚をテーブルの上に乗せろ」

「そ、そんなこと……」

「……いいからやれ！」

ピンクの肉の裂け目が、うっすらと濡《ぬ》れて光っていた。

「いい眺《なが》めだぞ。……くっくくく。弘子、ちょっと久しぶりだな。最近誰か、ほかの奴とセックスをしたのか？」

「えっ、そっ、そんな！」

「正直に言え。俺にはその脚の付け根に、男に吸い付かれたような痕《あと》が薄く残っているように見えるんだがな……」

「えっ……」

坂口ほど女の弱みをうまく利用する男はいない。

弘子が最初に犯された時も、彼女がつい魔がさして、薬剤部の睡眠薬にこっそりと手を出したのを見咎《とが》められたのが運の尽きだったのだ。

もっとも知られたくない秘密を、また目敏《めざと》い坂口に握られてしまった……。

そう思った瞬間、弘子は頭が真っ白になった……。


「わかっているな、弘子。俺に隠し事をしたら、どんな目に遭《あ》うか？」

下唇を噛《か》んで黙り込んでしまった弘子は、動揺を隠し切れなかった。坂口が見つめている下のヘアにまで、彼女のカラダの震えがフルフルと伝わっていた。

「……したんだな。誰に姦《や》らしてやったんだ。甘いな……。そんなことを俺が見逃して許すとでも思ったのか」

弘子はあらい息で胸を膨《ふく》らませて、辛《つら》そうに、とうとう口を開いた。

「……とっ、十日ほど前に、……かっ、患者さんに無理矢理姦られたんです。ナースコールで呼び出されて……」

「ハッハッハハハ。そいつは面白い。その時の痕がまだ残っているというわけか。俺もぜひ見せてもらいたかったな。オマエのことだから、どうせ強姦されても感じまくったんだろ。どうされたんだ。えっ」

「……」

「どうなんだ。痛い目に遭ってから言うのと、素直に白状するのと、どっちがいい？　オマエ、たしか前も患者に輪姦《まわ》されたことがあったろう……」

坂口はそう言いながら、弘子の乳房を掴《つか》み、グッと力を込めた。

それでビクッとして、怯《おび》えきった弘子が話し始めた。

「……まっ、真夜中の二時ぐらいでした。わっ、わたし、容態《ようだい》の急変した患者さんもいないし、このまま無事に朝になってくれるといいと思って、ナースステーションにいたんです。そしたらナースコールが鳴って、場所がどこかと思って見たら、三階の端にあるトイレでした。受話器から、はぁはぁ、苦しそうな声が聞こえて……」

「トイレで姦られたのか。それはいい。オマエが思い出しやすいように、これから俺と二人でそこに行こうか」

（坂口なら、本当にそうさせかねない……）

子どもがイヤイヤをするように、弘子は首を激しく横に振った。

「……そいつにどんなことを言われて、姦らしてやったんだ？」

そう聞かれて、彼女はいまだに耳にこびりついている、あの日自分を犯したいやらしい患者の声を振り払おうとするかのように、また首を振った。

※　※　※

「へっへっへっ、看護婦さん、苦しいんだよ、痛いんだよぅ……、なあ、助けてくれよ。いいじゃねえか。……看護婦さんのアソコの毛、柔らかいネエ……」

その患者は、逃れようとする弘子を後ろから羽交《はが》い締《じ》めにして、いきなりパンティに手を突っ込んで、弘子の尻に自分のモノを押しつけ、握らせようとした。

「……なあ、ほら、こんなに腫《は》れちまってるんだよぉ。なあ？　触ってくれよ。……腫れ上がって痛くてたまんねんだよぉ。看護婦さんのやぁらかくて、ちっちゃいお手々でさ、やさしぃく握ってくれよぉ。へっへっへっ、看護婦さんのオッパイ、ふわふわしてて、気持ちいいねえ……、いいだろ？　なあ、いいだろ……。はあ、はあ……。ほうら、アンタ

プロローグ

だって乳首が勃《た》ってきたじゃねえか。ほら、こすれよ。処女《バージン》じゃねえんだろ？　しごき方ぐらい知ってんだろ？　ほおら、もっと力入れてよ、マサツしてくれよ。なぁ、やってくれって。じゃねぇと看護婦さんの乳首、ちぎっちまうよぉ？　ひっひっひっひひ……」

　弘子が何度「イヤァッ、イヤァッ……」と悲鳴に似た声をあげて逃《に》げようとしても、ムダだった。そして結局男の怒張《どちょう》したモノを握らされた。

「おっ！　はぁあっ、なかなか、うまいじゃないの。そうそう、そうやって……」

　男はだんだん大胆になって、弘子の肉の裂け目に指を入れてきた。

「……へへへっ、アンタ、感じて来てるじゃねえか。アソコが湿ってきたぜぇ？　ほら、クチュクチュいってんのがわかるか。ヤメテェ、イ、イヤッじゃないだろぅ？　なんだよぉ、一緒に楽しもうぜ？　ほぉら、こんなにグッチョグッチョになってきた。ふうん、アンタ、ここが

感じるのかな？　はぁ、はぁっ……ああ、もう、ガマンできねぇよ、看護婦さんっ！」

※　※　※

坂口が、弘子を診察台に押し倒し、彼女のカタチのいい両乳房が変形するのを面白がるように鷲掴《わしづか》みにして、言った。

「どうされたんだ？　もっとちゃんと教えろ！　ハハハッ、オマエのオッパイは本当に敏感だな。今だって、もう乳首をコリコリにしているじゃないか。……ふっ、口ではどう言ってもカラダは正直だな。なんだこのコリコリになった乳首は……。その患者にも弄《いじ》らせてやって、下をグチョグチョにしたんだろ？」

弘子は無抵抗にあえがざるをえなかった。

「あっ、……あっあっ、うっ、くうっ！」

「ん？　なぜ腰をくねらせてるんだ。そんなに感じるか、目隠しされて愛撫《あいぶ》されるのは刺激的か？」

「いや。お願い、先生……。ほどいて！　ああっ！　だっ、だめっ！」

「ん？　おい、なんだ、これは。おまえ、べしょべしょに濡れてるじゃないか」

坂口は、大きく割り広げさせた弘子の脚の真ん中が丸見えになるようにして、びちゃびちゃ、音をたてて舐《な》めた。

「あうっ！　あっ、はあぁっ！」

クリトリスを剥き、舌先で巧みに舐める坂口のテクニックに、たちまち弘子のカラダは敏感に反応しはじめた。

「くっくっく……。ぴちゃっ、じゅる……。ふふ、口でいくらいやがったところで、ココはもうグショグショになってるじゃないか」

「いやぁ、ああっ！　だめぇっ！」

「ぺちゃっ、ぴちゃっ……ふふ、なんだ、弘子。ずいぶん興奮してるな。その患者もこんなふうに舐めてくれたか？」

「あふっ。んん、あっ、うぅぅ。ああん……、ふあぁっ！」

「返事は？　弘子、舐めてもらったのか？　ぺちゃっ、ぴちゃっ。ふふ、なんだ。ずいぶん興奮してるな」

「そ、そんな！　イ、イヤッ、先生！　そ、そこは、だ、だめぇ……、あああぁっ！」

「ん？　なんのことだ」

「あふっ、く、ひぁっ！　だ、だめ……先生！　あっ、そこはっ、だめ、あああぁっ！」

「くっくっく。熱い汁がジュクジュクこぼれてくるぞ。感じてるんだな。もう返事もできないほど、いいのか？　思い出せよ。オマエが姦られているとこを聞かしてくれたほうが、俺も興奮するぞ。オマエがヒィヒィ喜ぶ、ビンビンになったモノを入れてやれるぞ。言えよ、言うんだよぅ」

「……なっ、舐めたりなんかされてません……。フタを閉めた便器の上に仰向きに押しつけられて……」

「ハッハッハッハッハッハッハ」

坂口の笑い声で、また弘子は犯された時の状況を思い出させられた。

※　※　※

あの時、弘子は閉めたトイレのフタの上で、両足を折り曲げ、妊婦が分娩台《ぶんべんだい》で取らされるような格好《かっこう》をさせられていた。

「ほら、ちゃんと手すりにつかまってくれよ。じゃないとおっこちちまうぜ」

弘子は男の言う通り、手すりにつかまった。

でも、それは、まだ抵抗するためにも、自分のカラダを支えるものが必要だったからだ。

なのに、その行為は結果的に、彼女を犯そうとしている男に協力するようなことにしかならなかった……。

「あぁぁぁっ……。んっ、あっ、い、いやっ、だめぇぇぇ……」

「いやぁじゃねぇだろ、看護婦さん。こんなに濡らしてよう……」

「だめ、い、入れちゃ、だめぇ……、ああっ！」

「へへっ。もう、入っちまったよ……」

男のモノが奥に当たるほど深く弘子を貫いた。

「あ、あっ、んっ、はあぁっ！」

「おおっ、すげえ……。看護婦さん、あんた、名器だねえ」

「い、いやぁ。うあぁぁ、お願い、やめてっ、あっ！　あぁぁぁ……」

「あんただって気分出してんじゃねえかよ。うっ、はあ、はあ、な、楽しもうぜ？」

「うくっ、だ、だめ……、あああ……。はっ、くぅ……」

「おおお！　あっ、締まる……。いいぜ、看護婦さん」

「い、いやあ……。ぁあああ、うん。だ、だめぇぇぇ……」

「だめじゃねえだろ、だめなわけねぇだろ。な？　いいだろ？　あんただってよお。はあっ、はあっ……」

「ち、ちがい、まっ、あああぁっ！　だ、だめっ、あっ！」

「おお？　はあ、はあ。そうか、ここか、あんた、ここ感じるのか？　そら！」

男はそう言って、激しく突き立てながら、自分の唾液で濡らした親指で弘子の敏感なクリトリスを撫で廻した……。

「あああああ、ああっ、だめっっ！　あっ、いや」

「うぅぅ……、いいねぇ、すげえ……」

「あぁぁ。やめて、お願い、あ、あ、あ、ううっ！　はっ、はあっ……」

「おっ、ぴくぴくして、くっ、ひひっ、たまんねえよ、おお、こうか。こうだな！」

「はあぁっ！　あっ、だめぇぇ、だめ、やめてぇぇ、あっ、あっ、はあんっ！　あああぁぁぁぁ」

「はあ、はあ。いいぜ、看護婦さん。頼むよ、お願いだよ。もっとよがってくれよぉ」

「あぁっ、あっ、だ、め……。うくっ、あふん、ん、ん、……んっ、あっ、あっ！　ああぁぁ、い、いやっ！　そ、そんなっっ！　うあああぁぁぁぁ」

「へへっ。いいだろ、どうだい。中をぐりぐりされながらここ責められるとたまんないんだろう」

「ひあぁっ！　あっ、だめ、あああっ！　うう、う、わ、わたし、ひっ！　いやっ、ああっ！　はあ、はあ、お…おかしく、なっちゃう……。あああああぁっっ！」

「ううぅっ！　へ、へへっ、いいぜ、すげえよ、おっ、締まって、ううっ、ほら、看護婦さんも腰使って、そら！」

「あああああ、あっ、あっ、だめぇぇぇぇ、あっ！　い、いや！　ううっ、こんな、いやぁ、あああっ、だめ、あ、くううぅっっ！　あっ、あっ、あっ。あっ、はっ、……ああああぁぁぁぁぁ！」

「おおっ、でっ、出る……。出そうだ、看護婦さん、いきそうだよ！」

「い、いや！　ん、ん、だめ、中は……、中には！　だめ！　お願い！　あああぁぁ！」

※　※　※

「中出しされたのか。俺にだって中出しされるのをいやがるオマエが、患者には中出しさせてやったのか？　そらっ！　俺のとどっちがいい」

弘子に患者に犯された話を聞き出していた坂口が、彼女の濡れそぼったピンクの肉壁を割り裂いて、自分のものを突き立てた。

「ふああぁぁぁっ！　ああっ、あっ、くっ、だ、だめ、はあぁっ！　あっ、せっ、せんせぇ、あっ、晃さま、あああぁぁっ！」

「くっくっく、縛られて目隠しをされたまま突っ込まれるのはそんなに興奮するか？　いつもより締まりがいいじゃないか。姦られた時のことを思い出して、よけいに興奮しているんだな」

「あふっ……、くっ……、だ、だめ、あぁぁっ！　や、いや……、やめて！　あああああぁぁぁぁっ！」

「やめて、だと？」

「ひぃっ！　あっひぁぁっ！」

「そんなによがりながら、何がやめて、だ」

坂口もあの患者と同じように言葉による嬲りが大好きなのだ。そしてまた、弘子が彼の言葉による辱めに反応してしまうのを見ることも……。

「くっ、うっ、あっ、あぁぁっ！　ダメ、ダメェ……、あ、わたし……、あっ、あぁっ、はっ、あぁぁぁぁっつっっ」

「どうした。そんなにイイか」

「ち、ちがう。あっ、くっ……。せっ、せんせぇ、あっ、晃さま、お願い、もう……、あぁ、もういや！　ゆ、許して……。許してください……、あぁっ！」

「何を言ってる。感じてるだろう」

「い、いやです、わたし、こ、こんなこと……。あぁっ！　お、お願い、先生！　あっ、はぅっっ！」

「ふざけたことを言うな」

「ふぐっ……。あああぁぁっつっ！　ダ、ダメ。先生、ダメェエッッ！」

「感じてるだろう！　認めろ！」

「いや、ち、ちがう。はうっ！　いやっ……、せ、せんせぇ、やめて……、あ、もう、もうやめてぇ……、ああああぁぁ……」

「まだ強情を張るつもりか。だったらいいさ、出してやるよ。おまえの中にな！」

「……イッ、イヤッ！　お願い、先生、イヤァッ！　それだけは、それだけは、やめてください っ！　患者さんに犯された時も中出しなんてされていません。あぁっ！　ダメ。はあぁぁっ！」

「ほんとうか？」

「はい」

「中出しされたくなかったら、俺をもっと興奮させるようによがってみせるんだな」

「はい。ふあっっ……、く……、あ、んん……、はっ、あっあっ……、だ、だめ……、あ、わ、わたし……、あっ！　あぁっ、いい、いいです、あっ、気持ちいい……、すごい、わたし、たまらない……、ああああっっ！」

弘子は、もうどうにでもなれとばかりに、腰を使いはじめた。

いつのまにか坂口に仕込まれた弘子の腰使いは、成熟しきった女の、どんな男でも喜ばせるようなものになっていた……。

「うっ……、いいぞ。よく締まる。もっと腰を振れ」

「ああっ、いい……、感じちゃう……、あっ、くぅ！　はあっ、ダメ……も、もう……、わたし……、あっ、もう、……もうダメ、もう、イ、イッちゃう……」

「まだだ」

「お、お願い！　先生、いいの……。いいんです、たまんない……。もう、ガマンできないんですぅ。あっ、はぁぁっ！　も、もっと、もっと、そ、そこぉ、あっあっあっ、うふぅぅっっ！」

「うっく、いいぞ。盛大によがって、イッてみせろ。こうか」

「あああああぁぁっっ！　ダ、ダメッ、イクッ、イッちゃうぅぅっ！　イッちゃう、イッちゃうううぅぅ！　ああああああぁぁぁぁぁっ！」

「ううぅぅぅっ！　くっ！」

「あああぁぁっ…」


先週の弘子は、そんなふうに達した。

それで、坂口は弘子の目隠しを取ってやって、まるで慣れたAV男優のように、ほとんど気を失ったようになっている彼女の口に、彼女自身の愛液でテラテラに光っているペニスをくわえさせた。

「うぐっ！　んっ、んむぅぅぅっっ！」

「飲め！」

「んんんぅぅぅぅぅぅぅぅんんんっっっ！」

「……ふぅ……」

「う……、ん……、は、……はぁ、……う」

「色っぽいぞ」

「うーん……」

「……ふふふふ……。よかったぜぇ」

坂口が言った。

弘子は、彼女を犯した患者も射精直前に抜いて、彼女の全身に大量の濃い精液をぶちまけながら、同じことを言ったと坂口に話した。

「ふう……よかったぜぇ、看護婦さん」と……。

※　※　※

弘子とのセックスなど思い出したからだろう。坂口は、夜の巡回を続けながら、どこかで今夜の獲物《えもの》を手に入れられないかと思い始めていた。

その時、妙な声が聞こえる病室があることに気づいた。

「はっ、あふ、んん……、んっ、あ……」

女がオナニーをしている声のようだった。

（くくっ……。どうやら面白くなってきそうだな。どこの病室だ？）

もちろん、その病室はすぐにわかった。

佐伯《さえき》ほづみという、長期入院をしている少女の部屋だった。

「はっ、……はぁ、はぁ……、ああんっ、あ……、んむ……」

（ほう、ずいぶんと激しいな。長いこと入院しているくせに、元気なことだ。くくっくくっ、病室でオナニーに耽るようではカラダが疼《うず》いてたまらんのだろう。楽しませてもらうとしようか）

坂口は、もう自分のなかの淫らな欲望を押さえることなどできなかった。

彼は、すぐに気づかれないようにそっとドアを明け、少女のベッドに近づき、彼女の口をふさいだ。

「おとなしくしろ。オマエが夜中に病室でオナニーをしていたと、言いふらされてもいいのか？」

「んっ！」

「ふふっ、いい子だ。そうやっておとなしくしていれば、オマエにもいい思いをさせてやるさ。したいんだろう？　カラダが疼くんだろう。いい思いがしたいんじゃないのか」

「ん……、んっ、ん……」

プロローグ

「ふっふっ……さて、まずは服を脱がないとな」

坂口が手際《てぎわ》よくネグリジェを脱がせた。あまりのことに驚いているせいだろうか？　少女は坂口が彼女の口から手を離しても、悲鳴などあげなかった。

「ほう、見せる相手もいないのに、ずいぶんかわいらしい下着を着ているんだな。夜な夜なその中に手を突っ込んでるようには見えないがな」

たしかにそれは、いかにも少女らしいピンクの縁取りのある可愛い下着だった。

だが、坂口は、すぐに彼女のパンティの濡れた染みに目をやって、にんまり笑った。

「もうたまらなくなっているのか？　わめいてもムダだ。くくっ、看護婦の夜間の巡回は一回目が終わったところだ。次の巡回までまだ時間がある。誰も来ないさ。さて、じゃあ、下着も取ってどんなになってるか、見せてもらうか。ほら、脚を広げて見せろ」

だが、少女はまだ坂口の奴隷であるわけではない……。

で、彼は力づくで少女のパンティを脱がせて脚を広げさせた。

「くっくっく、ずいぶんきれいなピンク色をしているな。しょっちゅうオナニーをしてるわりに、まだ黒ずんでいないじゃないか。どうした。もう濡れてるぞ。俺に見られているだけで感じるか？　くっくっく……。また溢《あふ》れてきたぞ、ずいぶんと淫乱だな。清純そうな顔をして……」

「ん、んっ、んっ、んんんっ！」

「こんなに濡れていれば、もう前戯はいらないだろう。そうだな？」

「んっ、んっ、んん……」

「はあ、はあ、はぁ……」

「ほら、脚を大きく広げろ。入れて欲しいんだろう」

「い、いやっ、乱暴にしないで……」

やっと、少女が言葉らしい言葉を口にした。

坂口は、その言葉に何か懇願するような、愛らしさを感じた。

「くっ。乱暴にしなければいいということか。……素直だな。いいとも。優しくしてやるさ。……腰をあげろ」

「あ、だめ……、あっ、ん……あふっ！」

「そら……！」

「んっ、ああああっっ！　い、痛いっ！　いやっ、あっ、くっ」

ほづみは処女だったらしい。まだ坂口の突き立てたペニスが半分も入っていないのに、苦痛に顔を歪《ゆが》めた。

「あ、だめっ、い、痛いっ、わ、わたしっ、はぁっ！　あっ、い、痛いっ、痛い、いやっ、あああぁぁぁっ！」

「えっ、バージンだったのか。なるほど、病気で男とやるチャンスがなくて、それでウズウズしていたというわけだな。で、素直に俺にやらせる気になったのか？　オマエ、くぅ、さすがに狭いな」

「痛い。あっ！　痛い、お、お願い……。優しく、優しくして……」

「あぁ、優しくしてやるさ。でも、入れないわけにはいかないだろう」

「ああっ、大きい、いっ、痛い！」

「ガマンしろ。もう少しで全部入る。どうした。イイ思いがしたかったんだろ？　う、こうやって、ここに突っ込まれて、かき回されたかったんだろう」

「あっ、だめぇ……。ぐああっ、うっ、動いちゃだめぇ。はぁっ！」

ほづみは、ほとんど無意識に坂口の尻に手を回した。

少女らしい小振りな乳房が、小さくとも小さいなりに、坂口の腰の動きに合わせて、揺れた……。

「ほぉ。なんだ、痛がってるわりに、ずいぶん気分を出してるじゃないか」

「はぁ、はぁ……、あっ、ん……、うっ、くぅ……。あっ！　は、はふ……、ダメッ、ダメッ、わたし……、あぁっ！」

「ふっふっふ……、動きやすくなってきたぞ。とんだ淫乱だな。ん？　はじめて男に突っ込まれたのに、もう感じてるのか。ふっふっふっ、なら、もっと感じさせてやる」

坂口の言葉通り、入れたばかりの時のきつさはもうなかった。

それは、おそらく、ほづみがそれまでオナニーをして、それなりに準備ができていたせいかもしれなかった。

「はあぁっ！　あっ、だ、だめ。んっ、わ、わたし。あっ、はっ、ああっ……、んっ、んく……、はっ、あっあっ……、あぁっ！」

「いいぞ、もともと狭いのか。イヤだと言いながら、アソコの中はまるでオチンチンをしゃぶりつくす生き物のようじゃないか。よく締まる」

「ダメ！　ああ、ダメ、そんなこと、イヤア！　あああっ、うぅっ……、はぁっ！　あっ、ダメ。そ、そんな……。イ、イヤッ……。うああぁぁ！」

「そら、こうか！　これがイイんだな、オマエは。俺だって女の扱いは慣れている。初めてだって、ちゃんと感じるようにしてやるぞ」

坂口は、ほづみのオ××コの浅い部分をカリで刺激しながら、ゆっくりと腰を動かし、時々不意打ちを食らわすように、奥まで貫くやり方を繰り返した。

「ひっ、あ、あっ。うっ、くぅ……。ダ、メ。はぁ、あっ、くぁ。はっ、はふっ……、んんっ！」

「そら、そら、こうか！　こうか！　これがイイんだな」

さらに馴染んできたのか、ほづみのほうも十分に感じているらしく、坂口のペニスに、ほづみの肉壁が絡《から》みつくようになってきた。

「どうした。中がヒクヒクしてきたぞ。……だいぶ感じてるようじゃないか」

「あっあっ……。だ、だめ。はあっ！　んっ、くっ、あっ、はぁ、ぅんっ！」

バージンでも、きっと、ほづみは女としての動物的な本能に身をまかせているのだろう。ぐいぐい坂口のモノを締め付けてきた。

「おぉ、よく締まる……。いいぞ、もっと締めろ」

「はっ、あんっ、く……、ふあぁっ！　あっ、ダメッ、そ、それ……、それダメ、お願い、いや、はあぁっっ！」

「くっ、もっとだ、ほら。こうか」

「ああっっっ！　すごい！」

「いいんだな？　そうだろう、よくなってきたんだな？　ほらほら、もっとエッチな本能に身をまかせるんだ」

「あぁぁっ！　ダ、ダメ、あ、あたし……」

「イケ、イッて、いいぞ！」

「はぁんっ、く……ダメ……も、もう……あっ、はっはぁぁっ！　……お、お願い、もう……もうダメ、もう……あっ、あ、あたし。あああぁぁぁあっっ！」

「イクのか。そうなのか」

「はあぁっ！　あっ、ダメッ、イ、……イッ、ちゃ、う……。うくっ！　あっあっ……、ダ、ダメエ、もうダメッ、ふあああぁぁぁぁぁぁぁっっっっ！」

「くぅ……っ！　お、俺も、……出すぞ！」

「いやあぁっ！　ダメ、イッちゃう、だめ、イクッ……、あああぁぁぁぁっ！」

「うぉっ！」

「はあぁぁぁぁぁあああああっっっ！」


バージンだったはずなのに、最初からここまで感じる女の子は珍しい。坂口は、単に長期入院でのストレスがよほど大きかったせいかもしれないと思った。

だが、この時はまだ知らなかった。ほづみが坂口にどんな想いを寄せていたかを……。

そして、後にほづみを、自分が結果的に死に追いやってしまうことも……。


「派手によがったものだな。そんなによかったか」

「はあ、はぁ。んっ、あっ」

「今日のことは絶対に誰にも言うな。黙っておとなしくしていれば、これからも抱いてやる。いいな……」

「は、はい。また、抱いてください。わたし、いい子にしてますから」

坂口はほんの少しだけ、ほづみはどこか奇妙な娘かもしれないと感じた。

けれども、この城宮総合病院には誰でも淫らに変えてしまう病原菌のようなものが確実にあるにちがいない。

彼はともかく、常に新しいセックスの対象を必要としている自分にとって好都合な少女ができたことに満足していた。

この日は、ほづみのおかげで夜勤の退屈さを解消できたのだから。

第一話　理恵《りえ》・女贄《じょし》輪姦《りんかん》

現在の坂口にとって、柳原理恵《やなはらりえ》ほど嬲《なぶ》りがいのある女はいない。

ちょっと前まで、城宮総合病院にははっきりと派閥があった。副院長・深山総一郎《みやまそういちろう》が率《ひき》いていた一派が、院長派と対立して、病院を乗っ取ろうとしていたのだ。

深山は外科部長も兼ねていて、坂口同様有能な腕を買われて、この病院に勤務するようになった外科医・柳原進《やなはらすすむ》と組んで、着々と勢力を伸ばしつつあった。

しかし、坂口が彼らの野望をすべて打ち砕いた。

もともとロリコン趣味で医療ミスまで犯していた深山のスキャンダルを握り、手術の腕は抜群なのに、異常なマザコンだった柳原の精神まで、汚い策略を弄《ろう》して狂わせ、彼ら一派を完全に失脚させたのだ。

柳原は今や発狂して、精神科の患者に成り果てている。

理恵は、その哀れな男の妻なのだ。

ただでさえ男のサディスティックな欲望に火をつけるだろう清楚な容貌と熟れきった肉体を合わせ持つ人妻……。これほど坂口好みの女が羞恥《しゅうち》に打ち震えながら、自分の言いなりになるほかないのだから、それが面白くないはずはなかった。

じつは今日《きょう》、坂口は薬剤師の真奈美に新たに調合させた、特別な媚薬《びやく》を用意していた。

真奈美によれば、これまでに理恵を含む、いろんな女たちに使ってきた媚薬より、さらに強力な催淫《さいいん》効果があるはずだという。坂口は真奈美からその話を聞いた時、誰よりも先に、理恵に使ってみようと思った。で、さっそく彼女を呼び出したのだ。

待ちわびていると、ようやく診察室のドアをノックする音が聞こえた。

坂口の許しを得て、おどおどしながら部屋に入ってきた理恵に、坂口が言った。

「ああ、来たか。遅かったな」

本当は約束の時間より十分くらい早かったというのに……。

「す、すみません……」

この理恵の観念しきった従順さが、いっそう坂口の肉欲を昂《たか》ぶらせる。

「まあいい、……理恵、これを飲め。オマエのために手に入れた物だ。オマエはいつもなにか辛《つら》そうな顔をしているだろう。俺はオマエのそういう顔に特別な色っぽさを感じるほうだが、これは直接脳に作用して、人に幸福感を与えるクスリらしい。いいから飲め。これを飲んだら、オマエも少しは、そんな鬱陶《うっとう》しい顔をしないで済むかもしれないぞ」

「は、……はい……」

おそらく、また催淫効果を持つ媚薬だろうということは、彼女も薄々気が付いていた。だが、坂口に命じられると金縛《かなしば》りにあったように理恵は言いなりになる……。

理恵がクスリを飲んだ。

で、坂口はそれきり声もかけずに、艶《つや》やかな髪型から脚先《あしさき》まで、手入れの行き届いた理恵の全身を舐《な》めるようにいやらしく目で犯し始めた。

やがて、理恵の頬《ほお》が紅潮し、カラダも明らかに性的に興奮しているような兆候《ちょうこう》を示し始めた……。


「どうした、理恵」

「んっ……わ、わたくし……ああ、どうしたのかしら、なんだか、カラダが」

……このクスリの即効性には驚くべきものがあった。理恵が飲んで、まだ十分も経っていなかった。

「くくっ……。……カラダがどうしたんだ」

「はあ……なんだか、カラダが……熱くて」

「ん？　部屋はそう暑くはないが？」

坂口がしらっぱくれた。

「でも、わたくし……どうしたのかしら……」

「ハハハッ。俺がオマエのカラダをいやらしく見つめてやったから、エッチな期待でカラダが興奮してきたんじゃないか？　クスリのせいだと思っているんだったら、心配するな。まだ実験中のクスリだが、副作用は別にないはずだ。少し風にでもあたってきたらどうだ。そうだな、病院の裏に公園があるだろう。そこで涼《すず》んでいろ。俺もあとから行く」

「は、はい…………」

※　※　※

病院の裏の公園。それは、もともと近所の小さな子どもたちの遊び場としてつくられたものだった。だが、景観のために昔からの雑木林を公園を取り囲むように残したせいで、暗くなり、人気《ひとけ》がなくなると不気味なほど物騒《ぶっそう》な場所だった……。

時々バカなアベックが絡《から》み合うのを覗《のぞ》くために、得体の知れない悪臭を放つホームレスの男たちが集まってくるのだ。

その日、坂口は何度か見かけた顔見知りのホームレスの男に声をかけていた。

暗くなってからやってくる色っぽい人妻を、仲間を集めて輪姦《まわ》してやれ。その女は、ダンナが海外に出張中で、オマエたちのような男たちに後腐《あとくさ》れなく犯されたがっている、飢えきったマゾ女だと……。

理恵はいつの間にか日が沈み、闇《やみ》が迫って、人っ子一人いない辺《あた》りの不気味さより、自分のカラダの変調に完全に気を取られていた。一刻も早く、坂口の大きく太いペニスに貫《つらぬ》いてもらいたがっている自分のその部分が、恨《うら》めしいほど疼《うず》いてきたからだ。

やっぱり、女をいやらしくさせるためのクスリだったのだ。坂口が自分に飲ませようとするクスリが、それ以外のものであるはずがない……。

理恵は堪《こら》えきれずに、ベンチからいったん立ち上がり、手で今や熱を帯びて火照《ほて》っているその部分を手で押さえて、しゃがみ込んだ。

その瞬間だった。

「……ひひひっ」

「え……っ！」

顔を上げると、理恵などとは住む世界がまったく違う、凶暴な男たちが三人で彼女を取り囲んでいた。

「おおっ？　ナニしてんのかなあ、こんなとこで？　べっぴんさんじゃねえか。げへへへへへっ！　どうしたいんだ。太い、固いオチンチンが欲しいんじゃねぇのかあ？」

「くうっ。色っぽいねえ……」

「いいカラダしてんナア。オッパイもすごそうだけど、ケツを剥《む》いたら、きっと俺好みにちがいないな。なあなあ、あんた、奥さんだよな。その色気は独身じゃ出せないぜ。ダンナがうらやましいよねぇ、こんないい女と俺も一度お願いしたいネエ……。なのにダンナにほっぽらかされてるのか？　こんな公園に男漁《あさ》りに来るなんて、よっぽどどうかしてん

じゃねぇか？　へへへっ」

理恵は男たちの下品な言葉に耳を覆《おお》った。

もう顔を上げて彼らの顔をまともに見ることさえできなかった。

異臭を発する男たちが、その怯《おび》える理恵を面白がるように見下ろしている。

「なあ、俺たちとあそぼうぜ？　奥さん？　たっぷり、可愛がってやるからヨォ…。きひひひっ」

「……だ、だめ……」

「だめ？　だめと来たかぁ……。何がダメなんだよう…………俺たちじゃだめかい？」

「奥さん、スケベなことしてぇんだろぉ？　へへへ、俺たちは奥さんがオ××コを押さえて、しゃがみこんだところを見てるんだぜ。俺たちが満足さしてやるよ、なあ？」

「……ん……、い、いやぁぁ……」

理恵が叫んだ。だが、それはかならずしも男たちに対する怯えによる叫びではなかった。

少なくとも半分は、男たちに囲まれて、さっきよりさらにカーッと熱く疼いている、自分の一部であるはずなのに、もう自分の意思を超えてしまったその部分に対する怯えがもたらす悲鳴だったのだ。

「奥さんオナニーとかしないの？　ダンナがしてくれないんじゃ、するよなぁ……。いつもいつも、そのかわいい指をアソコに突っ込んでるんだろ。それともお気に入りのバイブか？　それでも満足できなくて、こんなとこまでくるんじゃ、よっぽど飢えてるんだろ。……ひっひっひっひっひ」

「そりゃそうさ、こんな美味《おい》しそうなカラダしてんだ、オナニーぐらいじゃ足りねえよなあ？」

「どうなんだよぉ？　なあ、もうアソコなんかジンジンしちゃってんの？　俺がいじってやろうか、へへへへっ」

事実、理恵のオ××コはジンジンしていた。

男たちだって、いつまでも言葉で彼女を嬲っているだけでいいわけはなかった。一人が理恵に抱きつき、押し倒してスカートを捲《まく》り上げた。別の男たちが理恵の手や脚を押さえつけて、彼女の身動きを奪った。……男たちの強い体臭に一瞬、彼女は息を止めた。

理恵を押し倒した男は、まず理恵の乳房をむき出しにして、チューチュー、わざわざ音を立てて吸いたてた。

「あ……あ、あ……んっ、く……はあ……んん……」

「どうしたい？　そんなに疼いてんのかぁ？　あそこなんかもうグチュグチュだろぉ」

「い、いやぁ……ああっ、だ、だめ……もう……ああぁ……」

「ひひっ、カラダくねらせちゃって」

「そうかい、そんなに飢えててもグジュグジュのオ××コを見られるのが恥ずかしいなんて、よっぽどお上品な育ちなのかなぁ。もう奥さんはすぐにでも突っ込んで欲しいってわけだな。でも、俺たちは見せて欲しいんだ。グッションヨグッションの奥さんのオ××コをよぅ」

「ああ、あ……もう、だめ……んっ、ああ、はああ……」

「……ひひひっ……た、たまんねえナア……」

「ああっ！　だ、だめっ、だめえぇぇぇぇぇえっ！」

この時、オ××コだけでなく、理恵のほかの部分も一斉に、彼女自身の意思を超えてしまった。

「……ぁぁぁぁ……誰でもいいから、うう……だ、抱いてぇぇ……」

彼女はそう叫んでいた……。

さて、坂口はもちろん、物陰からその一部始終を見物していた。

覗きには、それ自体の面白さがある。自分に見せないその女の牝《めす》の部分を見つけられるかもしれないからだ。

※　※　※

柳原理恵……。まったく男心をそそる女だ。身長は一六五センチぐらいだろう。後に坂口が聞き出したスリー・サイズは、バスト八十六、ウエスト五十七、ヒップ八十八。スタイルだって理想的だ。

坂口はこの病院に夫に会うためにやって来た彼女を初めて見た瞬間から、いかにも良家の若妻らしい彼女に目を吸い寄せられた。初々しさを感じさせるだけでなく、どこか憂いを帯びた雰囲気が彼の征服欲を刺激したのだ。

坂口はまず、どういう理由からか、憂い顔をしている彼女に同情を装い、近づいた。

そして、真奈美に調合させた媚薬を飲ませたうえで、彼女のバッグに盗聴器をしかけて帰した。彼女が自宅で疼くカラダを押さえきれずにオナニーをしている様子を、クルマを家の近くに停めて聞き、録音するためだった。

もちろん、性能のいい受信機がとらえたその悩ましい声と、理恵の濡《ぬ》れた粘膜がたてる卑猥《ひわい》なグチュグチュいう音は、いやがうえにも坂口を興奮させた。

こうして、その録音テープをネタに脅して犯してやったのだ。

なんと驚いたことに、彼女は結婚しているというのに、処女だった。強度のマザコンだった柳原は、女を神聖視するあまり、インポだったのだ。

一度犯してしまうと、理恵は坂口に逆らうことができなくなった。

で、柳原が当直で家を空けていることがわかっていた日など、よく呼び出して、坂口好みのプレイを強要してやった。たとえば、こんなふうに……。


その日、理恵は坂口がクルマで迎えに行った待ち合わせ場所に、怯えて立っていた。

すでに坂口は、理恵が素っ裸で坂口の名を口にして、彼のモノを入れて欲しいと懇願しながら、自分でオ××コをバイブでかき回している、彼女がこれ以上恥ずかしいものはないだろうビデオまで撮っていた。


「乗れ。なにをぐずぐずしている。乗れと言ってるんだ」

「……どっ、どこへ行くんですか。わたくし、そんなに長く家を空けるわけには」

「どこだっていいだろ。俺が、車に乗れと言ってるんだ。この間撮影したビデオは傑作だったなあ？　オマエが、自分で。バイブでかき回しながら俺の名前を……。乗れよ。乗らないのか？　じゃあ俺は病院へ戻って、オマエの亭主とビデオ鑑賞会でもするか」

「だ、だめ！　いやっ！　やめて、やめてください、言わないで！　の、乗ります、乗りますから……。ですから、お願い、やめてください……」

「早くしろ」

「うっ。はい……」


坂口は理恵を乗せ、クルマを人気のない脇道ばかり選んで走らせ続けた。

「どうした。静かだな。俺に付いて来たことを後悔してるのか？」

「せ、先生。お願いです。あの、あんまり遠くへは……」

「どこまでドライブをしようと俺の勝手だ」

「あ、あの、でも、わ、わたくし、もし万一、主人が……」

「理恵！　よし、こうしよう」

「えっ、なっ、なんでしょうか」

「どこまでドライブするかはオマエに決めさせてやるよ。……しゃぶれっ」

「えっ！」

「俺のモノをしゃぶるんだ。俺がこれ以上運転していたくなくなるまでな。俺を満足させたら、家の近くまで送ってやるよ」

「そんなぁ……」

「ほら、早くしろ。どんどん家が遠くなっていくぞ。そうだなぁ、箱根へでもいってみるかな。オマエ次第だ、理恵。オマエのフェラチオが下手なら、箱根でも伊豆でも静岡でも、そうだな、長野というのも悪くないか？　俺は幸い明日は休みでな。ちょっとぐらい遠出をしても構わない……。どうするんだ？」

「やっ、やります……」

理恵はようやく観念して、坂口のモノを出して、しゃぶり始めた……。

「なかなか絵になる格好だな、理恵。貞淑な人妻が、こともあろうに車の中で、夫ではない男のサオを舐めているというのは……。くくくっ、もっとちゃんと舐めろ。舌を使って優しくな……」

「は、はい。……んっ、ぴちゃっ……、ぴちゅ……」

「ちゃんと手も動かせ」

「はい。あ、んむ……」

「おっと、赤信号だ。くくっ。隣に止まったトラックの運転手が上から目を剥《む》いてオマエの尻を見てるぞ。やっぱり、もっといろんなクルマが走っている大通りに出ようか」

「ひっ、い、いや、そんな！　あぐっ」

「気にするな。舐めろ！」

「うぐっ、んむっ、んっ、むぐ……」

「よーし。そうだ、それでいい。もっと丁寧にしゃぶれ」

「んっ、んぐ。うっ、はあ、はあ……」

「どうした。自分も感じてきて欲しくなったか？」

坂口がそう言って、わざわざ隣のクルマの運転手に見えるように、片手で理恵の乳房を出させて、どう愛撫《あいぶ》すれば彼女が感じるのか熟知しているかのように、やわやわと揉《も》んだ。

「そ、そんな。あっ！　な、なにを、うぅっ、あっ！」

「せっかくオートマに乗って片手があいてるんだ。胸を揉むぐらいいいだろう。それともなにか？　胸じゃなくてあそこを弄《いじ》って欲しいか。大通りに出て、すぐグチョグチョになるオマエのいやらしいオ××コを、隣で走るクルマの運転手にみんな見せてやるのも面白いな。そうしようか。バカな奴が事故でも起こすかもしれないがな……」

「なっ！　い、いやっ、だめです、そんな……」

「ほら。手がお留守になってるぞ。そんなことじゃ、大阪までいっちまうぞ！」

「あ、んっ、……んん。ぴちゅ……」

「下手くそ。丁寧にやれと言ってるのがわからないのか。そんなやりかたじゃいつまでたっても家に帰れないぞ。たまには舌全体を使えよ。リズムってものがないのか、オマエには。ふむ……、どうも気分が出ないな。……尻をむき出しにして、自分でアソコをいじってみせろ。隣の運転手を喜ばすだけじゃなく、俺が興奮するようにな。……そうすれば俺も、早く出したくなるかもしれないぞ？」

「いっ、いやぁ、そっ、そんなぁ……お願いです。もっと晃様が感じるようにやりますから。はあ、はあ、あっ、んむ、んう、ぺちゃ、はあ、はあぁ……」

「よおし、だいぶ気分出して来たじゃないか」

「あ、……ん、ぺちゃっ、はあ、晃、さま、ど、どう、ですか……」

「まだまだだな。やっと勃《た》ってきたところじゃないか。よし、俺も少しは感じてきたから、もっと、ほとんどクルマがこない道に行ってやろう。そうしたら、オマエだってスカートを捲くって自分のアソコを弄れるだろうからな」


坂口は誰も来ない深夜の倉庫街にクルマを停めた。

理恵は彼のいうままに、スカートを捲くってオナニーをしながらフェラチオを続けた。

「お、お願い、あ、んん、はあぁ、はあ、んっ！　ああっ、だめ、晃さま、……ん、わ、わたくし、わたくし……」

「バカッ、自分だけオナニーに夢中になって、どうするんだよ。しっかり舐めろ！　だめだな、こりゃ。わかった。オナニーはここまでだ。もっと誠心誠意しゃぶれ。そうすれば、俺がズブッと入れてやるから……」

「はい。んっ、んんっ、むぐ……」

「くっくっく……。欲しいか、理恵。オマエも欲しくなってたまらなくなってきたか？」

「はっはい、ほっほしい、欲しいです。晃さま、晃さまの、太くて、大きな、アレが、わ、わたくし、ほ、欲しくて、気が、狂ってしまいそう……」

「よし、入れてやる。入れてやろう、来い！」


さすがに坂口も、そろそろ理恵のなかに入れたくなっていた。それでドアを開け、彼女を引き出し、クルマの上に押し倒した。

「そら、この上で股《また》を広げろ。夜は冷えるけど、背中は暖かいだろう？　脚を開け！　どうだ。ん？　欲しかったんだろう？」

それまでずっとフェラチオをさせられていた理恵の唇からは、唾液《だえき》が涎《よだれ》のように流れ出していた。坂口の言う通り、バンパーに脚を乗せ、股を広げた彼女のその表情が、また坂口の興奮を昂ぶらせた。

「あああ、あっ、く、あぁぁ、はぁ、入れて、んっ、入れてください。お願いです……」

「よしよし、かわいいぞ、理恵、そおら……」

坂口がズブリと理恵を貫いた。

「ひぐっ！　あっ、ご、……ごりごり、するぅ、あああぁぁっ！」

「なんだ。自分から腰を振ってるのか。そらよ、これだろう！」

「はあぁぁんっ！　あっあっ、す、すごい、すごい、ああ、あ、そんなに、だめ、だめ、だめえ、あああああ……」

「ずいぶんよがるじゃないか。そんなに外でするのは興奮するか」

「はっはっ、あっ、うくっ、くぅ、ああぁぁ、あっ、んっ、熱い、だめ、溶けちゃう、あ、あそこが、あそこが溶けて、溶けて……。あああっ！」

「もっとか。理恵。もっとしてほしいか。どうしてほしい」

「あっあっあっ、い、いや、動いて、動いてぇぇ、だめ、やめないで、だめっ！　も、もっと、もっと欲しいのぉ……。あぁぁぁ……」

「うっ、今日は、ずいぶんと積極的じゃないか。やっぱり外ですることに興奮してるんだな。そうだな、そうだろ。オマエは外で姦られるのが好きなんだ！　ここか、これか！」

坂口は、猛烈にえぐるように理恵を突きまくった。

自分自身の亀頭の裏のもっとも感じる部分を彼女の肉壁にこすりつけながら、自分も意識が飛んでいくほど、激しく、突いて、突いて、突きまくった。

「あああああっ、だ、だってぇ……、す、すごいの、すごい……、わ、わたくし、ああっ……。はあはあ、あっ、ううっ！　くぅ、あぁぁぁぁっっっ！」

「んっ！　そうか、これか」

「はあぁっ！　ああっ、だ、だめ、お、おかしく、おかしくなっちゃうぅ……、はぁんっ！　あっ、そこ、そこぉ……、もっと、もっとぉ、もっと……、突いて、突いて、そこそこっ、こ、こんなぁ、くう、んん、お願い、あっ、あっ、あっ、だめ、いくっ……」

「ここか？　これか！」

「突いて、もっとぅ」

「こうか？　これでどうだ？」

「ああっ、はあっ、あっ、い、いく……。だめ、いく、……あぁぁぁ、いっちゃう、いくのぅ。……ん、ん、いく、いく、いきそう、いくの、いく！　うあぁぁぁぁ！」

「そら！　もっと声をあげろ、派手に喚《わめ》いて、いけ！」

「あああああぁ……。ああっ、あっ、うっ、あああっ、いくっ、んんっ、はぁ……、はぁはぁ、ん、はぁぁ……」

「出してやる。かけてやる。オマエのいやらしいオ××コの奥に、いっぱい、いっぱい、出して、かけてやる」

　こうして坂口が射精した瞬間、理恵もオーガズムをむかえ、気を失った。

　おそらく、理恵は本当に外で犯されると興奮するマゾなのかもしれないと坂口は思った。

「先生、このまま何処かへ連れていってください……」

達した後、そう言った理恵のぞっとするほど色っぽい、潤《うる》んだ瞳を坂口は今でもよく覚えていた……。

……それから坂口はマザコンの理恵の亭主、柳原進を、理恵と手懐《てなず》けた看護婦を使い、インポの彼にバイアグラを飲ませて、無理矢理セックスさせることで狂わせた。どうしても、彼と深山を失脚させる必要があったからだ……。

……だが、実は、難病だった佐伯ほづみは、手術の腕だけはいい柳原が手術をすることになっていた。その手術の直前に坂口は、ほづみの書いていた日記を読んで、死期が近いと悟っていたらしい彼女が、坂口を恋い慕っていたことを知った。柳原が手術をしていれば、ほづみは助かったかもしれなかった。なのに、ほづみを見捨てて、坂口を失脚させるほうを選んだ。そして、その後は、もっぱら理恵をSM的に調教しているというわけだ。

※　※　※

「ほう、楽しそうなことをしてるじゃないか」

理恵が思惑《おもわく》通り、ホームレスの男たちに弄《もてあそ》ばれて、よがり始めたところで、坂口は物陰から姿を現し、男たちにというより、理恵に声をかけた。

「あっ、あ……、んっ、く、はあぁ、あ、あ、せ、先生……、晃、さん……ううっ……」

「どうだ？　理恵。楽しんでるか？　ずいぶん気持ち良さそうじゃないか。くくっ」

「えっ、先生……、わ、わたくし……」

薄汚い男たちに嬲られて興奮しきった理恵の潤んだ瞳は、やはりなかなかに坂口を楽しませるものだった。

「あ、先生……へへっ、こりゃどうも」

ホームレスの男の一人が言った。

「いやぁ、すげえ女ですねえ。よがりまくりっすよ」

「飢えてるんだよ。たっぷりかわいがってやってくれ」

「ひひひっ、そりゃもう。恩に着ますよ、こんなイイ女、姦らしてもらえるなんて」

「ほーら奥さん、そろそろおれたちにもオイシイ思いさせてもらおうか？　よーし、ほら、上に来いよ」

男の一人が理恵に騎乗位で自分のモノを入れるように求めた。彼女はふらふらと立ち上がり、男の言葉に従った。

「おっ。こりゃいい。すっかりその気になったな」

「さっきから気持ちよすぎてたまんねぇんだろうよ。げへへへへっ」

男たちに囃《はや》し立てられて、理恵はいっそう被虐的な気分に身をまかせたようだった。

「あああぁぁっ。……んっ、くっ、ああああぁぁぁ……」

理恵がよがる。別の男が理恵の口に剥き出した自分のモノをくわえさせようとしながら言った。

「うっ、へへっ、この女自分から腰振ってやがる。ほら、きれーにしてくれよぉ」

その男のものを口に含んで、理恵が口をもごもご動かす。

不潔で、悪臭を放つホームレスの男の、いつ洗ったか、さだかではないペニスをおいしそうにしゃぶって……。

「うぐっ……んっ、んんっ！」

さらに、もう一人の男が理恵に異様に大きく太い巨根を握らせる。

「とりあえず、最初は俺は手でいいからよう。仲間外れにしないでくれよぉ」

理恵はくわえ、握り、自分を貫いた男のモノを受け入れ、腰を振っている……。

「あっ、あっ、あっ……んっ、く……あああっ！　んぐ……んっ、はふっ、あ…ああぁ、すごいぃ……、くううっ！」

「おおぉぉ……、締めあげてきやがる」

「おしゃぶりも抜群にうまいぜ、このドスケベェ！」

「おっ！いいねえ、こんな美人さんにしごいてもらうなんて、天国だねぇ。ひひひひっ」

男たちが三人三様に下卑た声をあげる。

彼らのよがりようもハンパではなかった。

「はああっ、あ……んっ、んぐ……はふっ、あああぁぁ、あっ……あんっ、く……はあ、あん……あっ、はああ……」

クスリの効果だろうか？　理恵の淫らさもすさまじかった。

「あっ、あっ、あっ、あっ……、はあ、はあ。ん、ん、ん、んんん！　あっあっあっ、ああぁぁぁぁぁぁ！」

「うっ。……ほら、もっとだぜ。もっとよがれよ」

「あっあっ。……ああっ、くぅ、……はあぁ、んっ、あっ、だ、だめ、そこ、あああぁぁっぁ！」

彼女はもう自分の意思をコントロールできないほど感じまくっているのだ。

「ほら、手がお留守だぜ」

「うら！　どうだい奥さん、いいだろ、いいだろ……、ぐへへへへっ」

「はっ、あっ。んん、あっだめ、わっ、わたくし……、ああ、だめ、すごい……。はあぁっ！」

「おおおっ、締まるだけじゃないぞ、この女のアソコは。あのなかになにかいるみたいに俺のモノに絡みついてきてやがる。すっ、すごいぞ、この女……」

「ああ、だめ……。もうだめ、ああっ、いっちゃう、いく……、あああぁっ！」

「そら！　そら！　うおおぉぉぉぉぉぉぉぉ！」

「あああああ！　だめ、だめえぇぇぇ！　うっうっあっあぁ……。ん、ん、あああぁぁぁぁぁ！　うあああああああ！」

「それそれそれ！　はあ、はあ……、ふん！　ふん！　でっ、出るぅ」

坂口が理恵のなかに出すなと言っておいたので、理恵を貫いていた男は律儀に膣外射精した。それとほとんど同時に、別の二人も理恵に精液を撒《ま》き散らし、降り注いだ。

「ああっ、いくっ、いくう……。あ、あ、あああああああああぁぁぁぁぁっ！」

辺り一面に強烈に男たちの濃い精液の臭いが立ちこめた。

理恵は失神していた。

堕《お》ちたな。完全に堕ちた！

坂口がにんまり笑って、ホームレスの男たちの精液にまみれた理恵を見下ろした。

「失神されたんじゃ、しょうがないが、この女にゃ、また寂しくなったら、いつでもここに来てもらいたいな。先生、俺たちがまた可愛がってやりますぜ。げへへへへっ」

「そうそう、俺たちはいつでも、何発でもＯＫだから……」

どいつもこいつも涎を垂らしながら、またやらせて欲しいとせがんだ。

「ああ、こいつにまたオマエらとやりたいか聞いといてやるよ」

坂口はそう答えた。

だが、彼は次はもっと別のことをさせてみたかった。

なにしろ理恵は、乱れた後、その話を微に入り細に渡り話してやると、消え入るように羞恥心にうち震えるのだ。

それが、別の女とはちがった楽しみを坂口に味わわせてくれる。

だから、同じことを二度させても面白くない。次はなにをさせるかは、まぁゆっくり考えようと坂口は思っていた。

第二話　明日香《あすか》・麗姿《れいし》奮精《ふんせい》

このところしばらく放っておいた明日香が坂口に、偶《たま》にはおいしいレストランで一緒に食事をしたいと言った。彼女が医大を卒業し、研修医として、自分の父が院長であるこの城宮総合病院に来たのは、やはり娘を自分の目の届くところに置いておきたいという父親の意思に従ったためだろう。箱入り娘はどこまでも箱入り娘というわけだ。

だが、それは坂口にとっても好都合だった。

不本意だが、時々ご機嫌をとってやるだけで、彼女が坂口を自分の婚約者、つまり、この病院を継ぐ男として受け入れているのだから……。

現状のままなら、余計な知恵をつけて、逆らったりもしないだろう。

(レストランか……。そういえば、もうずっと、俺が彼女の部屋に行くか、明日香が俺の部屋に来るか、そのどちらかで、セックスもマンネリ化しつつある。しかたがない。女の言いなりになるのは気に入らないが、明日香のご機嫌を取ってやるか……)

そう考えて、坂口は明日香を、テレビのグルメ番組でも取り上げられたことがある、このレストランに連れてきた。

「ここ、ほんとうに、おいしいわね。晃さんはよく来るの?」

「偶にかな……。どうかしたのか、明日香」

「だってぇ、わたし、はじめて来たわ。いつも誰と来ているの? こんなステキなお店」

（なんだ、まだ結婚したわけでもないのに、こいつは嫉妬深いのかもな……）

坂口はうんざりした。

「何を言ってるんだ。誰と来るっていうんだい？　一人だよ。落ち着く店だからね、疲れた時にゆっくり食事をしにくるんだ。誰かを連れてきたのは、きみが最初だよ。それとも信じられないかい？　僕が……」

「あ、……ううん、そんなこと、ないわ。わたし、……晃さんの特別なお店に、連れてきてもらったのね」

「はは……まあ、そういうことになるかな」

「うふふ」

そして、明日香は嬉《うれ》しそうに無邪気に笑った。だが、食事を終えて、デザートが来るまでの時間に彼女がトイレに立った時、不意に坂口の頭に邪悪な考えが浮かんだ。いつのまにか当たり前のように明日香のご機嫌を取っている自分自身に腹がたったからだ。

（ふむ、ふっ、これは絶好のチャンスだ。ここまで機嫌を取ってやったんだ、トイレで一発姦《や》ってやろう。少しぐらいは俺も楽しませてもらうとするか……）

「ふう……。お料理おいしかったから、飲み過ぎちゃったかな？」

そう独り言を言いながら明日香が女性用のトイレのドアから出てきた瞬間、坂口は彼女をもう一度、ドアの中に押し戻した。

「あ……晃さん？」

「ふふふっ」

「どうしたの？　あの、ここ、女性用よ？　だめじゃない、入ったりしちゃ」

「いいんだ…………ふふっ」

坂口は笑って、後ろに手をまわして、ガチャっと鍵をかけた。

「あ、あの、晃さん？　どうしたの？　なっ、なんで、鍵なんか、かけるの？」

「気にするな……。くくっ、ふふっ。……いいじゃないか、偶には、こういう場所で楽しむのも、悪くないだろう？」

坂口はいきなり明日香の乳首を摘《つま》んで、弄《いじ》った。

「だ、だって、あああっ、そんなぁ、んんっ！　い、いやっ、はっ、恥ずかしい……、こんなところでっ、だめっ……」

「ほう？　本当に、だめなのかな？　どうした。もう乳首が勃《た》っているじゃないか」

「あぁぁっ！　あっ、そ、そんな……。あっ、だめ、つまんじゃ……。いやあ、あっ、あああっ……」

「ずいぶん、いい声を出すじゃないか。どうした。ん？　……感じてきたのか？　どれ、ちょっと弄られただけで、もう、きっとアソコを濡《ぬ》らしているんだろ……」

明日香がオ××コを濡らしているのは、触ってみるまでもなく、坂口にはすぐわかる。

慣れ親しんだ明日香のカラダが、こんな時、どう反応するか、何度も何度も嬲《なぶ》り抜いてきたからだ。けれども、晃の目的は明日香を辱めることだ。濡れているのを確かめるためではなく、言葉で嬲るネタとして、明日香のスカートを捲《まく》り上げた。

「ふふっ、思った通りだ。明日香、オマエ、……びしょびしょにしてるじゃないか！」

やはり明日香の濡らした愛液で、パンティの上からでも、彼女のその部分のカタチがはっきりと見えていた。坂口は指をぐっと二本突っ込んでやった。

「はぁんっ！　あああ、い、いやっ……。あっあっ、い、いや、……あっ、あっ、あっ、だめっ！　ああぁっ！　ああっ、あっ、はぅっ、……んっ、あ、あ、晃さ……ひぐっ！」

「いやらしいな。ほら、聞こえるか。グチョグチョ音が

してるぞ。そんなにいいか？」

「ひああぁっ！　あっ！　ん、い、いやっ、うう、ん、あっ、だ、だめっ、だめっ、そこをそんなふうにしちゃ、ああっ、い、いや、そんなあぁっ！　あっ、あっ……あああぁんっ！」

坂口は明日香の濡れそぼった粘膜でヌルヌルにした指でクリトリスを刺激し、その指をまた中に突っ込んで弄り、抜いてはクリトリスをさらに撫《な》でまわす嬲り方を繰り返した。

「ほお、こんなふうにされるのが好きなのか……」

「はぅんっ！　あああっ、だめぇ……。ああっ、はあ、はあっ、お、お願い、お願い、晃さん、お願いっ！　ああああああ、わ、わたし……、わたし、もう……、はああっ！」

「わたし、もう？　なんなんだ？」

「はふっ、はっ、はあっ、はあっ、ああっ！　だ、だめっ、だめぇっ！　あああぁ……、いやっ、もう……、もうだめっ、あっ、あ、晃さんっ！　ちょっ、ちょうだい！　ちょうだいぃ……っ！」

「くくくっ……。なにをだ」

「はぅっ、うっ、ああっ！　だ、だめっ、も、もう、もう我慢……、できないの、ちょうだいっ、ちょうだいっ、あ、晃さんの、晃さんの、あ、アレ……。わ、わたしの中に……、中に、ちっ、ちっ、頂戴ぃっ！」

「脱げ！　全部脱いで素っ裸になって、この鏡の前で、俺に尻を向けて、俺のモノを欲しがっている自分を見るんだ！」

いつもは女たちが化粧をなおすための鏡が、今は明日香をさらに辱めるのに実にふさわしい道具になっていた。


「くっくっく……いい格好だな、明日香」

「はあっ、あ、晃さん……。お、お願いっ、ほ、ほしいの……。欲しいのぉ……」

「なんだ、みっともない。そんなに尻を振って」

「だ、だって……、あぁぁっ、お願い、早くぅ……」

「ふっ……、いいだろう。そら！」

「あああぁぁぁっっ！　あっ、んっ、おっ、おっきい……、うくっ、あああぁぁぁ！」

坂口が明日香を貫いた瞬間、彼女はその快感に意識を集中するかのように目を閉じた。

「だめだ、目を開けろ！　ほぉら、明日香……、見てみろ！」

坂口が明日香の髪を掴《つか》んで、頭を上げさせた。

「くっくくっ、なっ、いい格好だろう。恥ずかしい格好だよな。見てみろ、よおく」

「あぁ……、あああああっ！」

「スケベだよな。オマエはこんなに誰にも見せられないほど恥ずかしい格好をしてるんだ。

裸で、俺にいやらしい尻をつき出してひいひいよがって……」

「あああ……、い、いやぁぁぁ……」

「いや？　くくくっ、いやなのか？」

「はあぁぁっっ！　……ああああっ、だ、だめっ！　ああっ、そ、そんなにぃ、動かないでっ、お、おかしく、なっちゃうぅっ！　……あああぁぁ」

「いやじゃなかったのか」

「い、いやあ……、だめ、あっ、あ、あ、あああ、わ、わたし……、いやあぁ……」

「どうした、自分のよがり顔に興奮してるのか？」

「だめ、お願い！　あっ、……んんっ、うっ、ああっ！　ああああぁぁっ！」

「くっくっくっ、どうした、ほら、見てみろ。顔だけじゃなく、オマエのいやらしい尻の動きも。欲情して自分から腰を使っている姿を！」

「ああっ！　あっ、だ、だめ、言わないで！　……ん、ん、……ああっ、も、もうだめぇっ！　……ぉぉぉお、おかしくなっちゃう、だめ、だめえっ、もうだめっ！　い、いっちゃう、いっちゃううっっ！」

坂口はもっともっと明日香を辱めたかった。もちろん、簡単になんて、いかせてやるつもりはなかった。それで、自分もいきそうになるのをこらえた。

「く……っ」

このままでは出してしまうと思った彼は、そこでいったん抜いた。

「あぁぁ、いやっ、も、もう少しでいけるのに、意地悪しないで！」

「俺は今日は意地悪がしたいんだ！　もっともっと、オマエを狂わせたいんだ！」

坂口はまた指で明日香を弄《もてあそ》んだ。

「ああああっ、いくっ、いっくぅっっ！　もうなにを、なにをされてもいっちゃう！」

「バッ、バカヤロウ！　俺のはどうする」

「あぁっ、ごっ、ごめんなさい！　入れて！　今日はそのまま中に出していいから」

「いやっ、俺はオマエの顔に俺の精液をたっぷりかけてやりたい！　入れて、ちゃんといかせてやるから、その後だったら顔にぶっかけてもいいか？　明日香！」

「なんでも、いいですぅ、いかせて！　明日香をいかせて！」

「バカ、そんなあられもない大声を出したら、外の連中にまで声が聞こえるぞ。そして、トイレから出た時、オマエがどんなエッチな女か、みんなにばれるんだ！　それもまた面白いか！」

「ああ、もう意地悪しないで！」

「いいだろう、いかせてやる！　最後は顔に出すぞ！」

坂口は今度は自分も激しくピストン運動を繰り返した。射精するのだけは必死にこらえながら……。

「あああああああぁぁっっ！　……はあぁぁっっ！　あっ……ああああっ、いくっ、いっちゃう、ああああああぁぁぁっっ！」

坂口にはその瞬間明日香が意識を飛ばせて達したのがわかった。オ××コだけは中の壁面が膨張して、まだねっとりと坂口のモノに絡《から》みついているが、明日香は全身弛緩《しかん》したようにぐったりとなった。

「よし、俺も……、俺も出すぞ、明日香！」

「はいっ、どうぞ、どうか明日香の顔にかけてください……」

朦朧《もうろう》としながら、やっとのことで、それだけ明日香がつぶやいた。

坂口はこらえ続けて、たっぷり溜《た》まっていた精液をドクドクと明日香の顔に出した。

「あぁっ、あっ、か、かけてぇ……、明日香の顔に、ぜんぶ、はあぁぁぁ…………」

坂口自身、ずいぶん長い射精だったような気がしたほどだったが、明日香は放心して、それを確かに全部顔で受けた。

「くっくっく……どうだ、顔中にかかったな。舐《な》めてみせろよ」

明日香は、指で顔中に張り付いた精液を集めて、舐めてみせた。

「はあ……んっ。……ぴちゃっ……」

「いいカオだな。うまいか、明日香」

「ん……、あ、……あむ……。はっ、はい……。ぴちゃ……」

「ちゃんと言え」

「はぁ……んっ。……晃さんの、んむ、……おいしい……」

「そうか、うまいか」

「はあ、ん……、おいしい……」

「……そうか……、くっくっく。……はははははは！」

坂口も満足して、高笑いした。

「さぁ、食後のデザートを食いに戻るか」

「あっ！　忘れてました。デザート……。お店の人どうしたのかと思ってるでしょうね」

「ハハハハハッ、この店のオーナーは俺をよく知っているから大丈夫だ。心配するな！」

坂口は久しぶりに明日香とマンネリではないセックスができ、これからはコイツにも、もっといろんなプレイを仕込んでやろうと思った……。

※　　※　　※

あのレストランでのセックスからまだ数日後の夜だった。

その日は坂口と明日香のシフトが偶々重なっていて、二人とも遅くまで仕事をしていた。

そして、自分の仕事を先に終えた坂口が、明日香がいったいどうしているか、彼女のデスクのある部屋まで来てみると、明日香は坂口が後ろから見ているのにも気づかずに、書類棚に向かって、まだ熱心にカルテの整理をしていた。で、その明日香の無防備な後ろ姿を見ながら、坂口は思った。

……くっくっくっ、尻ががら空きだな、明日香……、ふふふ、こういう場所も偶にはいいだろう、と……。

どうやら明日香は坂口に早く会いたくて、仕事を急いで終えようとしているらしかった。

だが、坂口は待つ気なんてなかった。

(明日香……、オマエのその無防備なケツがいけないんだぜ！　今すぐ、ここで姦ってやる！)

一瞬にして、そう決めた。そこで、そぉっと後ろから彼女に近づき、突然抱きついて押し倒し、明日香を驚かせた。

「きゃあ！　だれ？　うう、や、やめて！　いやあ！　放して！　ちょ、ちょっと、ん、うああ！」

「明日香、仕事熱心じゃないか」

「あっ、晃さん。もうビックリした。……ああん！　だ、だって、晃さんのところに早く行こうと思って……」

「あぁ、つまり、また、この前みたいにエッチなことを早くして欲しかったんだな。なかなか、魅力的な後ろ姿だったぞ」

「あっ、んっ、だ、だめ……。あ、晃さん……、だめよぅ、こんな所で……」

「そういえば、オマエのカラダ、なんかもうスケベないい匂いがしてるぜ！　こんな濡れたアソコの匂いをさせていたら、男だったら誰でも気づくだろうな」

「うそぅ、そんなこと、あるはずないわ！　またエッチなことばかり言って、わたしを変な気分にさせようって思っているのね」

「いいじゃないか。俺は、ここで明日香とやりたくなった。誰もこんな時間に、ここへ来たりしないさ。……それにドアには鍵をかけた。カルテの整理なんて、明日にすればいい。早く楽しもうぜ」

「はあぁ……、あっ、もう、晃さんったら、んん……」

坂口は、後ろから抱きついて押し倒した格好のまま、まず明日香の胸をはだけさせた。

「たまにはこういうのもいいだろう？　中には入って来られなくても、ドアの外から声は通りかかった奴に聞かれるかもしれないぞ。このあいだ、気がついたんだ。オマエは変わった場所で、恥ずかしい思いをさせられてやられるとすごく興奮するんだってな！」

「はっ、いや、だめぇぇ……、あぁあ、晃さん……」

本当に坂口の指摘が当たっていたのかもしれない。明日香はたちまち感じだして、快感に身を委ね始めた。

「あぁぁぁ……晃さん、うう、ああん！……はあ、はあ……あああああ！」

坂口はそんな明日香を全裸にしてデスクの上に仰向けになるよう命じた。

「どうだ、仕事場のデスクの上で裸にされて、アソコを舐められるのも、なかなかいいもんだろう。大洪水だな。ぐっしょりになってるじゃないか。くくっ。いいんだ。明日香、たっぷりと舐めてやる……」

「はあぁぁ、ああぁぁぁ……うう、んん、く……だめ、そんな……ああああああぁ！」

……じゅる、……じゅるじゅる……。

明日香には、坂口があまりにもうまくしゃぶるので、彼女のその部分からどうしようもなく溢《あふ》れる愛液がたてている音が、異様に大きく響いてしまうように感じられた。

「あああぁぁ、そんなに吸っちゃ、だめぇ……。ああぁっ、力が、うっ、入らない……」

だが、明日香が本当にいやがっているわけではない。

坂口は彼女がだらだらと漏らし続ける、次第にいやらしい味に変わってくるように感じられる愛液で顔がべとべとになるのもおかまいなしに、音をたててしゃぶるのをやめない。

「はあぁぁ、あ、く、あっ、だ、だめ、あ、そんな、とこ、ああ、だめ、わ、わたし、感じ過ぎて……。あああぁぁっっ！　はあ、はあ……、あああぁぁぁ！　……んんん！　あぁぁ！　だめ、あ、熱い、熱い……。ふあああぁぁぁっっ！」

「すごい乱れようだな。くくっ、明日香」

「はあ、はあ、知らない！」

「明日香は本当はこんなふうにアソコを舐められるのが大好きなんだろう。舐めてぇって言ってみろ。舐めてぇって」

「舐めてぇ……。舐めてぇ……。あぁ舐めてぇ……。舐めてぇ……。あぁ、晃さん、明日香の感じるトコ、舐めてぇ。舐めっ……」

急にもう言葉さえ出せないほど感じたのか、明日香は息を詰まらせたようだった。

「あああぁぁ、晃さん……。お願い、わたし……、もう……、あああぁぁぁ！　わたし、わたし、もう欲しい……。晃さんのアレ、………頂戴、はやく、今日は意地悪しないで。早くうぅぅ」

「くっくっく。いいとも。……向こうを向いて、机にしがみつけ」

「……んああぁぁ、はい」

職場のデスクの上でバックから激しく犯されて、明日香はさらに狂ったようによがり声をあげた。

「うう……、いいぞ、明日香……」

「はふっ……、んっ、くぅ、ああぁぁっ！」

「……そら！」

「あっ、い、いっぱい、わたしのなかで晃さんのがいっぱいになってくぅ……」

「そりゃそうさ。明日香がエッチになるほど、俺のもデカクなるんだから」

いや、坂口のペニスは、本当は、彼が女を完全に征服していると感じる時、自らの力を誇示するように固く、力強く怒張する……。

「ああっ、だめ、ああ、いいっ！　晃さん、ああぁっ！」

「いいか？　いいのか、明日香？」

「いいのぅ、いいぃ、ああっ、……感じる、わたし……、あああっっ！」

「そんなにいいのか、明日香？」

「は、はい！　ああ、いいぃ、いいのぅ、いいのぅ、晃さん、わたし、すごく感じ過ぎて、コワイ！」

「コワクなんかないさ。明日香は感じるままに感じりゃいいんだから……。いっぱい汁を垂らしてな」

たしかに明日香は、溢れだした愛液を太股にまで垂らしていた。

「あっ、あ、あ、あ、あっ、あああぁぁっっ！　くぅっ！」

「あああ、だめ、す、すごい、すごすぎる！　んん、いいの、ああ、晃さん、晃さん……、あぁぁっ！」

「そら、そら！　こうか！」

「……あぁぁ……晃、さん……すき、すき、……あぁぁぁ……」

「……ふふふ、……そら！」

「あ、あ、あ、あぁぁぁぁ……だめえええええ！」

「もっとだ、もっとヨガれ！　そら、そら」

バックで貫かれている明日香には、坂口が、この瞬間、どんな笑みを浮かべているか知るよしもなかった。坂口は暴君としての自分に酔っているような、一種凄みのある笑みを浮かべていたのだが……。


「あああぁぁぁぁ、はあ、はあ、んん！　ああん、…すごいぃぃぃ……。あっ、あっ、あっ、あうっ、うっ、うっ、ううっ」

「ほら！　くくっ、明日香、まだだ！」

「うあぁぁぁ……。だめ、たすけてえええぇ。……変になっちゃううぅぅ。あああああぁぁぁ！　晃さああん！」

「くくっ、そら、そら、そら！」

「あぁぁぁ……。いくっ、いくぅっっっ！　いいっ、いいのぉ、いいぃ。だめ、もうだめ、もう……、あっ、いっちゃう！　いっちゃうぅっっ！　あぁぁぁぁ！」

「いいぞ、明日香！　いけ」

「ふあああぁぁぁっっっ！　だ、だめぇっ！　と、届いてるう……、あっいい！　もっとおぅ……、ああぁぁぁっ、だめ……、あああ、い、いっ、いきそう、うううん、ん、ん、あぁん！　……ああっ、すごいいいいっっ！」

　こんなにも乱れきっている明日香を見ているうちに、坂口はほんの一瞬、なぜか彼女が綺麗《きれい》だと思った……。

「……明日香、……綺麗だ……」

「……ほんとう、本当に、そう思ってくれたの？　晃さん。ああぁぁ……、晃さん……、好き、……あぁぁぁ……」

「……ふふふ、……そら！　もうすぐご褒美をやる。もっとだ、もっといい顔をしろ、そら、そら」

「いやぁぁぁぁ……、だめっ、たすけてええええ……」

　でも、坂口はやはり征服感だけが、自分を興奮させるのだと思いながら、ずんずんと腰を動かし続けた。

「変になるぅ。あぁぁぁ！　晃さぁん！　……いくっ、いくぅぅっっっ！　いいっ、いいのぉ、いい……、だめ、もうだめ、もう、あっ、いっちゃう、いっていい？　晃さんも一緒にいってくれるぅ？　出して、わたしのなかに……。わたし、いく！　きてぇぇ！　出してぇ、いっぱい、いっぱい、出してぇ、あぁぁぁぁ！」

「いいぞ、明日香。オマエはそうなっている時がいちばん綺麗だ。ハハッ、ハハハハハッ、出してやる。いっぱい出してやる。いけ！」

「……ああああぁぁぁぁぁぁぁぁぁぁぁっっっっっっ！」

坂口は射精を終え、明日香はイッた。

おそらく明日香が随分と乱れたのは、普段はそんなことなどできない場所でセックスをする、非日常的な行為が特別だったからだろう。

コイツとは、まだまだセックスをしなければならない。

マンネリにならないように、次はどんなことをしようかと、もう坂口はそんなことについて頭をめぐらせていた……。

第三話　愛美《いつみ》・恥虐病棟《ちぎゃくびょうとう》

城宮総合病院の屋上は、その見晴らしの良さで定評があった。

周りが住宅街であるためにあまり高層ビルがなく、遠くまで見通せるし、この一帯は公園が点在していて、緑や四季の花々を咲かせる木々もよく見えるからだ。

それで、外に出られない生活を送っている入院患者の気晴らしのために、看護婦が付き添って、外の空気を吸わせてやる場ともなっている。

薗田愛美《そのだいつみ》は、よく車椅子《くるまいす》でしか動けない患者を、この屋上に連れてくる。患者が喜ぶからということもあるが、愛美自身、一日中病院の中だけにいるより、外の空気を吸いたくなるからだ……。


……この頃はやっと坂口に弄《もてあそ》ばれる生活にも慣れて、彼に様々なセックスを強要される時と、普段の勤務で患者の世話をする時とで、うまく頭を切り替えることができるようになった。もともと明るい性格だし、気分転換がうまいほうだと自分でも思っている。

ほんのしばらく前に、新米看護婦として、ここに勤めるようになったばかりの頃は、まだバージンで、患者の若い男の子を好きになってしまい、患者と看護婦が付き合うことを禁じている病院の規則を破ったと坂口に脅されて犯され、さすがにショックから立ち直るのに時間がかかってしまった。そのうえ、坂口の企みでその男の子が先輩の弘子とセックスをしているところまで見せられたのだ……。

坂口が柳原づきの看護婦だった愛美を自分の手駒《てごま》として利用するために、そんなことをしたのだと知って、許せないと思ったこともあった。

だが、柳原を失脚させた後、坂口は愛美のカラダをすっかり開発してしまった。

そうなってみると、性の快楽を教えてくれた坂口に従うのも当然のことに思えてきた。

愛美は持ち前の明るさで、患者の評判もいい。

気分転換さえうまくできれば、すべてＯＫだわ……。

愛美はそんなふうに思っていた。


さて、その日も患者を車椅子に乗せて、エレベーターで屋上にやって来た。

バイクの事故で脚を折ったけれど、運良く、ほぼ完全に回復しつつある三十代前半の患者のほうから、愛美に屋上の空気を吸いたいと言ったからだ。

「はい、着きましたよー」

「ああ、すいません。なんか……わがまま言っちゃって」

「いいえっ。気にすることないですよ。偶《たま》には外の空気も吸わないとね。今日はお天気いいし、もう夕方だから陽射しもきつくないですしね。ちょうどいい感じに涼しくなってきたし……」

本当に夕焼けがきれいで、風も心地よかった。患者もそれで気分がよくなったのだろう。

「……ねえ、ちょっと歩いてみてもいいですか？」

と言った。愛美に反対する理由はなかった。

「え？　……うーん。そうですね。もう回復期に入ってるんだし。でもゆっくりですよ。無理をしないでね」

「はい。じゃあ、そろそろ……」

患者が立ち上がり、愛美の背後に目配せをするような妙な顔をした。……愛美が自分たちだけだと思っていたのに、その患者の知り合いがいたらしい……。

振り返ると、そこに顔だけは見たことがある入院患者が三人もぬっと立っていた。

「へへへっ、よくやったな。オマエがいちばん看護婦さんをここにうまく連れてこれるだろうと思ったのは、やっぱり正解だったな！」

「えっ……な、なに？　」

「へへへ」

「ひっひっひっひ」

「ぐふふふふ……」

男たちのそれぞれ笑いが、みんな卑猥《ひわい》なものだと気づいて、愛美はカラダを固くした。

「あ、あなた達……な、なんですか……」

愛美は弘子が患者に犯されたという噂を聞いたことがあった。いくら病み上がりだとはいえ、体格のいい男が四人もで愛美を弄ぼうとしているのだ。

その時、突然、館内放送が流れた。

「坂口先生、坂口先生。院長がお呼びです。院長室までお越しください」

ここで大きな悲鳴を上げれば、誰か助けに来てくれるだろうか？

館内放送が屋上でも聞こえるのは、屋上にいる者にも聞こえるように、ちゃんとそこにスピーカーが設置されているためだ。

ここに出るエレベーターはそこから声が下に聞こえるようになっていないし、完全な空調設備を完備しているこの病院の窓はどこも常に閉め切られている。

「きゃあああっっっ！　いやっ！　やめてっ！　……きゃっ、なっ、何するのっ！　やめてっ、だめ……、きゃあああっっ！」

男たちの手が愛美に触れた瞬間、彼女は絶望的な悲鳴をあげた。

「ひひひ、まあ、そう騒ぐなって」

「そうそう、看護婦さん。……オレたちずっと入院しててよぉ、困ってんだよぉ。助けてくれよぉ。ほぉら、こんなになっちまってよぉ。すっきりしたいんだよ」

男たちが全員一斉に下半身裸になって、勃起《ぼっき》した自分のものをさらけ出した。

「きゃっ！　……やめてください！　……気持ち悪いっ！」

「看護婦さぁん、そりゃあ、ねえだろ……。ちょこっとだけ、オレらが気持ちよくなる手伝いしてくれるだけでいいんだ」

「いやっ、……いやあぁぁぁ……、うぅぅぅぅ……」

「おおっ？　こりゃあ……か～わいいパンティ、はいてるね～え」

「おおっ、オッパイもなかなか……やわらけえ！」

「ひいっ！　いっ、痛いっ！　……うう……、いやっっ！」

愛美の自由を奪った男たちは、思い思いにオッパイやパンティをあらわにさせて、彼女のカラダを触りまくった。


「うあぁ……、やめて……、触らないで……」

「ほらほら、脚開いてくれよぉ。パンツがひっかかってとれねえじゃねえか」

「めんどくせえな、パンティ切っちまうか？」

「ひっ！　……だ、だめ、やめて！　だめっ、いやあ……、やめてえぇっっ！」

男たちはたちまち愛美を全裸にした。

なにせ彼らは四人もいるのだ。体重が四十二キロしかない小娘を操り人形のように扱い、無理矢理どんな格好だってさせることができる……。

男の一人が裸になって仰向けに自分のモノを夕焼け空に向けて、そそり立たせていた。別の男が幼女にオシッコをさせるような格好で、後ろから愛美の両脚を広げさせて、仰向けに寝ている男の上に持ち上げる……。

「ほぉら！　入るぞぉ……！」

「いやあぁぁっっ！　……あっ、……だっ、だめぇっ！　あうっ！」

だが、どんな悲鳴をあげようがおかまいなしに、そんな恥ずかしい格好を彼女に取らせている男は、後ろから自分の体重までかけて、いきなりオ××コの奥に当たるほど根元まで、仰向けになった男のモノを受け入れさせた。

そしてあたかも彼女自身が腰を使っているかのように、リズミカルな動きを取らせた。愛美も、もうなにも考えられなかった。快感に身を委ね、オ××コを濡《ぬ》らして、いつのまにか自分から腰を使ってしまっていたのだ……。

「へっへっへっへへ、いいねぇ、ねえちゃん。いいなぁ、いい反応をするネエ……よし、じゃあ俺はバックをいただくか」

そう言って、後ろの男が、愛美のアヌスに自分のモノをあてがった。

ズブリっと、そこも犯された。

「い、いや……、あっっ！　ひいぃぃっ！　いたっ、痛いっっっ！」

「だぁいじょうぶだって、すぐ気持ちよくなってくるよ。ほら、前だって濡れてないうちから入れてやったのに、今はどうだ。ぐしょぐしょじゃないか。ケツの穴だって感じるとよくなってくるんだぜ！」

「ひぐっ！　……あっ、……だ、だめ、痛いっっ！」

「ほら、そんなにケツの穴、緊張させんなよ。そんなにしてたら裂けちまうぞぉ？　力を抜くんだ！　息を大きく吐いて……。そしたらだんだん痛くなくなるって……、オマエは痛いまんまでいいのか？　もう、どうせやられちまったんだ。オマエだって、痛くないほうがいいだろう。力をヌケって！」

愛美は力を抜いた。その時、彼女のカラダにかつてない戦慄的《せんりつてき》な快感が走った……。

彼女のアヌスを貫いている男が、耳元で囁《ささや》いた。

「オッ、オマエ、今電気が走ったろ。わっ、わかったぜ、俺には……。そうだよ、そいつを覚えちまえばいいんだ！　きっと、やみつきになるぜ！」

直接彼女を貫いていない男も、やはり興奮しきって、さっきから彼女のクリトリス辺りを撫《な》でまわしていた、愛美はまるで潮《しお》を吹いたように股の間をべっとりと濡らしていた。

それで、その男は、彼女のヌルヌルの愛液を自分の手ですくい、オチンチンに擦り付けて言った。

「看護婦さんよお、スゲエ、アンタの汁、溢《あふ》れてきてるぜエ……、げへへへへへっ、アンタ、自分のアソコの匂《にお》いかいだことあるかい？　今、俺のにたっぷりと匂いをしみつけたぜ。舐《な》めてみろよ。舐めてくれよぉ」

愛美はくわえさせられて、舐めた。

「うぐ……んっ、むぐ………あっ、はあっ、はあ……」

三つの穴に男のモノをくわえ込んで、正気でいられるわけがない。


「感じて来たのかい。じゃあ俺はマザコンだから、オッパイをチューチュー吸わせてもらおうか。空いてる手でしごいてくれれば、最後にオマエに突っ込ませてもらうからよぉ」

ひとり余った男が乳首を赤ん坊のように吸って、やはり怒張したオチンチンを握らせた。

「ううぅっ！　あぁぁぁぁっ……、だ、だめよ、だめ……、それ以上……、あっ、……うあああああっ！　あああああっ、いやっ！　……うく、ん、ん、く……、あああぁぁ、はっ、はっ、くっ、だ、だめぇぇぇ。ぁぁぁぁ、あああああ！　な、なんか変な感じ、うう……、うん、うん……、くう、あ、あっかっ……、感じちゃうっ！　ああああぁぁぁ」

「ほら、もっと……し、しごいてくれヨオ……、く、うぅぅ……、そうだ！　うまいぞ、看護婦さん！」

「へへへ、オ××コもぎゅうぎゅう絡《から》みついてくるぜぇ、ほら！　どうよ、看護婦さん、それ！」

「……あ、あ、ああん！　……ん、ん、んん……うあぁぁ、あああぁぁぁぁ……いい、感じるう……あっあっあっあっあああぁぁぁぁ」

「うう……、くくく……、溢れた汁が後ろにまわって来て、ヌルヌルになってきたぜ。ぉおお！　こりゃいい……」

「うっうっうあっぁぁぁ……、だっめぇぇぇ……、うう……、があああ！　……はぁ、はあ……、ああああああああああ！」

「へへへっ、そりゃあ前と後ろからぐいぐいこすられてりゃたまんねえだろうよ」

「乳首もいつもより感じるんじゃないか。アンタ、オッパイをそんなに俺に押しつけると窒息しちゃうじゃねぇか！」

「はあ、はあ、はあ……、あっ、だめ……、ああああっ、もう……、もうだめっ！　いや、こんな……、あぁぁぁぁっ！　出してぇ、みんな、もう、みんな、出してぇ……」

「うう……、おおおっ！」

「へ、へへへっ、おっ……、おおっ、おれも……」

「みんな、同時に出してやろうぜ！　この看護婦さんが一生忘れられないように！」

「おう！」

男たちはみんな射精をうまくコントロールできるらしい。お互いに目配せし、タイミングを合わせて、言葉通りドッと愛美に精液を放った。

「あああああっっ！　もう、もうだめぇぇぇぇぇぇぇっっっ！　……あああああぁぁぁぁぁぁ！」

愛美はついに失神してしまった。

気づいた時、男たちはもういなかった。ちゃんと服も着せられていた。だが、カラダがあの異様な快感をはっきりと覚えていた。

それを思いだし、愛美はまた、自分が大きく変わっていくような気がした。そして、この事件もまた、坂口の企みによるものではなかったのだろうかと思った……。

※　　※　　※

次の日、愛美は出勤してすぐに、坂口に呼び出された。小型の微妙な振動をするだけのローターを、パンティの上からクリトリスの部分にガムテープで貼りつけて、当てたまま、ずっと仕事をするように命じられたのだ。

そして、この日は二人とも当直に当たることになっていたのだが、消灯時間後、自分の部屋に来るようにと……。

消灯時間は午後九時。

愛美が仕事を終えて、ノックをして、坂口の部屋に入った。

「遅いぞ、愛美、こっちへ来い」

「は……、はい」

坂口は早速、愛美のローターを点検するように覗《のぞ》きみた。

仕事中は、さすがにあまり強く振動させたままにし続けていると、傍目《はため》にもおかしく見えてしまうので、弱にしてあった。それでも、やはりずっと刺激されていた部分は当然濡れそぼっていた。坂口がその振動を急に一番強に切り替えた。

「ああっ！　せ、先生っっ！　やめてっ！」

「くっくっく……」

「ひ……っ！」

「……どうだ愛実、いいだろう、ローターの感触は……」

「うっ……、あああ……、はっ、ん……、い、いや……、あっ」

「いやという割にはずいぶん甘ったるい声を出しているな。いい反応だ」

「うぅぁぁぁぁあああ……」

坂口はしばらくその愛美の様子を眺めて楽しんだ後、ローターをいったん外して、今度は彼女の膣《ちつ》の中に入れた。

「はぁぁっっ！　ああああっ……、い、いや……、な、中で……、あああぁっっ！　う……、はふっ、く……、あ、あぁぁぁ。い、いや……、中で、中でぇぇぇ………」

「どうした？　愛実。……どんな気分だ」

「はあ、はあ……、あ、じ、じんじん……、くっ、あぁぁ……」

「気に入ったようだな。くっくっく……」


それから坂口は、愛美の手を後ろに回させて縛ったうえで、猿轡《さるぐつわ》までした。

「うぐっ！　むぐっ、ううぅぅっ！」

「なかなかいい格好だな、縛られて猿轡をされて、しかもアソコにローターを入れられて欲情している看護婦……。くっくっく……。なかなか面白い」

「おい愛実。これが読めるか」

「ううっ……、んんんっっ！」

「オマエのために用意してやったものだ。ふっふっふっ……」

「んんんっっ！」

それは彼女の首にかけさせるためのパネルだった。そこには大きな太い目立つ文字でこ

私を好きに
して下さい！

う書いてあった。

(私を好きにして下さい)

坂口はそれを愛美にぶら下げさせて、廊下に連れ出した。おそらく、愛美を病棟の廊下に放置して、坂口は身を隠して様子を窺《うかが》おうということだろう。

愛美は部屋から出る時、少し抵抗した。

「んっ、んんっっ!」

「うるさいぞ、愛実。ローターをもっと強くしてやろうか? それがいやなら、おとなしく付いて来い!」

愛美は坂口の言葉に従わざるを得なかった。


「ん……、んん……。んっ」

「だいぶ、堪《たま》らなくなってきているようだな。どうだ? 突っ込まれたくてウズウズするだろう」

「んっ……、んん……」

「さあ、着いたぞ、愛実……、くっくっく……、ゆっくり楽しんで来い!」

そこは看護婦たちに、セクハラオヤジが多いことで知られる長期入院患者たちの大部屋の前だった。

坂口はその大部屋のドアに、愛美がドンとぶつかるように、うしろから乱暴に押した。

そして自分は、早々と廊下にある棚の陰に身を隠した。


もちろん、音を不審に思った患者がドアを開けて出てきて、目を丸くした。

「うおぉっっっ！」

その最初に愛美を見つけた患者の声で別の二人が出てきた。

「なんだ、なんだ、なんだ！」

「んん？　んんんん？」

「看護婦じゃないか」

「おい！　ちょっと、見てみろよ！」

「ん？　なにぶら下げてんだあ……、なになに、わたしを好きにしてください？　……ほぉ？　……そおなのかい？　へへへへ……、こりゃあいいや。わざわざ俺たちの部屋を選んで来てくれたのかい。わかった、わかった、俺たち、みんな、この病院じゃ、スケべな有名人だものな。看護婦さん。どんなコトされたいのかなぁ？　……ひひひっ」

愛美は怯《おび》えたように後ずさった。

だが、その動きで、愛美のオ××コの中で振動しているローターの位置が微妙に変わった。さっきよりもっと感じやすい、愛美が弱い部分に当たってしまったのだ。で、ローターのその動きがたまらず、彼女は腰をくねらせた。

「どうしたんだよ。何モジモジしてるんだ？　なんか、その腰つき、いやらしいなぁ」

セクハラオヤジの一人が彼女の下半身を覗き込んだ。

愛美はこんな恥ずかしい姿を、そのセクハラオヤジに見られる屈辱に、またブルブルと身を震わせた。

「おおおぉ？　看護婦さん。そんなの入れてたの？　へっへへへへっ」

それで、他のオヤジもみんな、それに気づいた。

「やる気満々ってとこかあ？　……へへへへへ」

「うおぉ……、たまんねえなあ……」

一人がすぐにも愛美にむしゃぶりつこうとした。

だが、他の二人がそれを押し止めた。

「まあ、待てよ。順番だ。自分がいちばん先にいい思いをしようというのは、虫がよすぎるんじゃないか」

「よ、よし……、ジャンケンだ。ジャンケンしよう」

いい歳のオヤジがジャンケンで愛美を犯す順番を決めようとするおかしさに、陰から覗いていた坂口は、思わず声をあげて笑い出しそうになってしまった。

「ジャンケン、ポン！」

「あいこだ！　もいちど、ジャンケン、ポン！」

「ジャンケン、ポン！」

「いひひひひっ！　やったね」

最初にできることになったオヤジが大喜びしている。

だが、最後に決まった男も悔しまぎれかもしれないが、こう言った。

「俺のがいちばん太い！　アンタたちが慣らしといてくれたら、俺がやる時、このねえちゃん、きっと、いちばん感じてくれるぞ！」

「んっ……んんんっっ！」

猿轡で声もあげられない愛美に立たせたまま、最初のオヤジが、ローターを抜いた。

廊下の上でガタガタ震えているそのローターの音までが卑猥に響いていた。

こういう種類のローターは、抜かれる瞬間に刺激的な快感が走ったりしてしまうものだ。

愛美のオ××コからは愛液が溢れて、太股《ふともも》を伝って流れ出していた。

「おほっ！　こりゃあ、ぐっちょぐちょじゃねえか。ひひひっ。もういつでも入れてって具合みたいだな！」

別のオヤジが我慢できなくなったのだろう。ゴクッと生唾《なまつば》を飲み込んだ。

「おい、さっさとしろって」

いい歳の病人なのに、このオヤジたちはみんなアソコだけは立派なようだった。

いちばんめのオヤジに、愛美は何の前戯もなしに、激しく貫かれて、それだけで感じてしまう自分が信じられない思いがした……。

そのオヤジが言った。

「こりゃぁ、イイぜぇ、べしょべしょで温かくて、よく締まりやがる。おっおっ……、おお……」

一日中長い間、じらされ続けていた愛美のオ××コは、その快感に腰を振って、うちふるえざるを得なかった……。

「んっ！　んんんんっ！　んんっ、んんっっ！」

久しぶりに女にありついたオヤジが声をあげてよがりはじめた。

「ほふっ、く……、おっ、おっ！　おおっ」

それを見せられて、自分の番を待っている待っているオヤジが、いらいらとわめく。

「まだかよっ」

だが、最初に愛美に自分のモノを突っ込んだオヤジも、負けてはいなかった。

「へ、何言ってやがる、まだ入れたばっかりじゃねえか。おっ、おっ……、で、でも、うぅ……、こりゃあ、たまんねぇなあ……、名器だぜ。このねえちゃん。へっ、へへっ」

近頃の愛美は言葉で嬲《なぶ》られるのにも弱い。

「んんっ、んぐっ、んんっ……。んっ、んっ、んんんっっ！」

猿轡をしていても、はっきりよがっていることがわかった。

「相当よがってんぜ、この淫乱看護婦さんはよぉ」

「ひひひ……、ああ、たまんねぇな」

順番待ちの二人のオヤジが、彼女の潤んだ瞳を舌なめずりしながら見て、耳朶《みみたぶ》やうなじを舐め回し始めた。

その瞬間だった。

オヤジのくせに早漏なのだろうか。それとも、あまりにも女のカラダから遠ざかっていたからだろうか。愛美を貫いていたオヤジが言った。

「くうっ……、おっ、だ、だめだ、たまんねえ、おっおっおっ、で、出るっ！　出た、出ちゃった、あんまりいいんで、こりゃがまんなんてできないぜ。ふうっ。へへっ、おっさっき……」

自分さえ出せば、それでいいのか、愛美のオ××コがまだ男のモノに絡みついているというのに、そいつはあっさりと抜いてしまった。

愛美はともかく軽く達することは達したのだが、自分のオ××コが「チッ」と舌打ちをしているような気がした。まだ満足していない淫らなオ××コが、愛美の意思と別のところで次の男を求めていたのだ。

「次は俺だ！　抜いたんだったら、すぐどけよ！」

愛美は思った。わたしのオ××コも早く次の男に貫いて欲しがっていると……。

もっとぉぅ、もっとぉぅ、と求めている自分のオ××コの悲鳴が、どこかから聞こえてくるような気さえした……。

「い、急げよ！　おらぁ、もう、たまんねえんだからよ！」

愛美は、最後のオヤジにせかされた二人目の男に、ようやく貫かれた。

「うっ……、おおおお……ホントにメゲエや！　こりゃ……、おおっ、た、たまんねぇ、そりゃ……、ふん、ふん、ふん、くう、いいねえ、くっ……、たまんねぇ、ぐいぐい締めてきやがる！」

もう何も考えず、腰を振る愛美に、このオヤジもすぐに翻弄されそうになっていた。

「負けないぞ、俺は。あんな早漏のオヤジとキャリアがちがうんだからな、おっおっ……、へへ、まだまだ……、ほら、ほら、ほら！　こうか。こうかなぁ？」

だが、このオヤジも口ほどにはなかった。

「うっ、く……くそ、こうだ！　うおおおっっ！　うりゃあああぁぁぁぁぁ、あっ、あっ、で、出るっ！」

だが、この二人目の男で愛美は猿轡の中で声にならないよがり声をあげて、さっきより深く達した。

この男は巨根であるだけでなく、出した精液の量も圧倒的に多かったからだ。

ドクッ、ドクッ、ドクッ、ドクッ、ドクッ……。

ドクン、ドクン、ドクン……。

「んんっ！　んんんんっっっっっ！　んんんんんっっ！」

愛美は、この男のリズミカルな射精に完全に狂わせられてしまった……。

「ふう……よかったぜ、看護婦さん」


そして、三人目のオヤジが待ちきれないとばかりに言った。

「おい、代われよ」

「ちょっと待て！　俺は抜かずにこのままで、もう一発いけるぞ！」

「おい、なに言ってんだよ、バカヤロウ、今度は俺だろ！　順番だろうが！」

「ぎゃあぎゃあうるせえな！　やったもん勝ちだ！」

「まあ、まあ、代わってやれよ。……時間はあるんだ。まだまだなんどもみんなで仲良く楽しませてもらえばいいじゃねえかっ。へへへへっ」

「……んまあ、それもそうだな、へへへ、看護婦さんも逃げられやしねえしな」

今は、三人目のオヤジが、やっと愛美にありついて、狂ったように腰を使っていた。

坂口はこんなふうにただいろんな奴に愛美を犯させてみるのも、やっぱり面白いなと思っていた。もちろん、昨日の男たちに、愛美を輪姦するようにさせたのも、坂口だったのである。

第四話　ちはや・淫女《いんじょ》隷属《れいぞく》

「へっへっ。せぇんせっ、ひっさしぶりぃっ」

この坂口の診察室にノックもせずに入ってくるような無礼な女はほとんどいないといっていい。いや、病院関係者であれ患者であれ、普通ノックぐらいはするものだろう。

座ったまま、椅子《いす》だけ回転させて振り返って見ると、かつて胃炎で内科にしばらく入院していた坂口の元患者だった女子高生、倉本《くらもと》ちはやが友達にでも声をかけるように、よっと手をあげて立っていた。

「なんだ、おまえか。なにしに来た」

「なにしに来たはないでしょう。……うふふっ。ねーえ、せんせェ。エッチしよっ」

「あぁ？　ふん、なにを言い出すかと思えば、バカなことを」

「なによぉ、バカなことなんかじゃないでしょ？　あたし、ここんとこ、オトコいなくってゴブサタでさぁ。……だっかっら。疼《うず》いてんのよぉ。……ね、しよ？」

まったく近頃の女子高生と言えば、どうしようもない……。たしかに坂口は入院中に、このエッチな小娘とセックスしてやったことがあった。しかし、それにしてもこんなにつけあがられる理由はないと思った。

「……勝手なことを言うな。俺は勤務中だ」

「あらぁ～？　いいのっかなぁ？　そーんなコト言っててぇ」

「……なんだ」

「うふふっ。……せんせぇがぁ、あたしにあーんなことしたとかぁ？　こーんなことしたとかぁ。……アノこととかぁ、ゆっちゃおうかなぁ～、たっとっえっば、そうだなあ、院長室にいる人に、とっかっさ？」

なるほど、坂口はちはやと単にセックスをしただけでなく、柳原を失脚させるために利用しようとしたことさえあった。やっぱり明日香との関係を壊さないためにも、院長にバレては都合の悪いことがたくさんある……。

「ちはや！」

「ねえ、しようよぉ。エッチ！　いいでしょ？　……ダメじゃないよね」

こんな小娘の言うことをきいてやるのは業腹だったが、しかたがなかった。じゃ脱げと命じてやったら、ちはやが自分だけじゃなく、なんと三人で楽しいコトしようと思って仲間も連れて来ていると言った。

ちはやの後ろから顔を出した女子高生を見て、坂口は驚いた。その子も坂口が前に遊んでやった支手《して》瑞穂《みずほ》だったからである。

「せんせい！　どおも……」

「うっ！　おっ、お前、……ちはやと同じ学校だったのか？」

「うん！　ちはやからいろいろ話し聞いてるよ、せんせ！」

「瑞穂とは結構気が合うんだ！　だからあ、全部話しちゃった！　へへへ」

ますますマズイ……。類は友を呼ぶというべきか、エッチなコイツらが仲間なら、さぞや気が合うことだろう……。

坂口は観念した。

「わかった、わかった、二人まとめてやってやる。ふっ…、まったく、スキモノめ、どうしようもないヤツラだな。オマエたち」


二人はすぐに素っ裸になって、まず、ちはやのほうが坂口のものをしゃぶりついた。

「むぐ………んっ、ぴちゃっ、はあ、ああ……、センセーの久しぶりだぁ……。うふふ、もうおっきくなりかけてるぅ。ぺちゃっ、んむ、あむ……」

「ああ、いいなぁ、ちはや。じゃあ、アタシはちはやをかわいがってあげる」

瑞穂がそう言って、ちはやの脚を広げさせた。

「あっ……あんっ、だめだよぉ、瑞穂……、そんなとこ舐《な》めたりして」

「いいからいいから。ココは瑞穂ちゃんがしたげるから、ちはやはせんせーの坊やちゃんをイイコイイコしてあげるんだよ。……んっ、ぺろっ」

「はぁん……あんっ、……はあ、はあ……ああだめ、あたし、感じちゃう……センセ、瑞穂のもしたげて。センセの、もっとぺろぺろしてあげるから」

「まったく……おまえたち。親の顔が見たいぞ」

だが、坂口はちはやの言う通り、瑞穂のアソコを弄《いじ》ってやった。

「ああんっ！　あっ、あんっ！　はあぁ……、ああ、ちはや、もっと舐めたげるね」

小癪《こしゃく》なことに、ちはやは以前に比べて、ずいぶんフェラチオがうまくなっていた。それで、坂口のモノがビンビンになっていた。ちはやと瑞穂のアソコも、もうグチョグチョ、ヌルヌルだった。

「スゴイ濡《ぬ》らし方だな、オマエたち二人とも……」

「ふくぅん！　あっ、はぁ、あ、瑞穂、そこ……」

「んっ、んん……。ちはやのおマメさんがすっごくおっきくなってるぅ。かわいいなあ、ちょん、ちょん、ちょんっと……」

「はうんっ！　ああっ、瑞穂、そんなに上手にされたら、あたし、びりびりしちゃう。もっと、もっとして！　ん、んむ……」

「バカヤロウ、レズか？　オマエたちは……。ちはや、感じすぎて歯をたてるなよ」

「……大丈夫、ちゃんと、ちゃんとしゃぶるから……。ぺちゃっ、じゅる……」

「もっと奥までくわえろ！」

「ちゅる、じゅる、んんん、んんんっぐ……」

どこで覚えたのか、ちはやは、いかにもいやらしく聞こえる、しゃぶる音をたてるやり方まで上達しているようだった。……坂口はそのちはやのペースに巻き込まれないよう、瑞穂のオ××コに突っ込んだ自分の指に意識を集中した。

「……ずいぶん感じてるじゃないか瑞穂。すげぇ、どろどろになってきたぞ！」

「んんっ、んぐ、んんんっっ！　んむっ、んっ、はあっ、はぁ……、はあぁ、はあ、ん、そりゃあ、興奮するよぉ、こんなヒワイな状況なんだから……。あっ、はぁ、ちはや、おつゆいっぱい、ああん、あっ、もうアタシ我慢できないぃ……、ね、センセ、入れてぇ」

瑞穂がねだる。

「はあ、はあ……、あたしも……。ねぇ、センセー、して！　お願い」

と、ちはや。

坂口は、まず、ちはやから入れてやった。

「そら……！」

「はああぁぁんっ！　ああっ、おっきい、入ってくる、ああっ！」

「こうか」

「あっあっ、あ、そう、それ、そこぉ！　あっ、いい、いい。そこ、こすってぇ、センセ、もっとぅ、あはぁっ！」

「いやらしい奴だな。いちいち俺に指図するな！」

「だ、だってぇ、イイのぅ、そこ、こすられるとイイんだもん。ああっ、あ！　あんっ、そ、そこ、はぁぁんっ！　あああ、あたる、奥に、はぁっ、はあ、あぁんっ！　あっっっ！　ひあぁっ！　それ、それぇっ！　それいい、それ、ああっ、だめ、すごい、あっあっ、あぁんっ、はあっ！　あああぁぁ、い、いく、いくぅ！　あああぁぁぁぁぁぁっっ！」

　そのちはやの悶《もだ》えようを見ていて、瑞穂もたまらなくなったようだ。

「はあ、はあ、センセ、ねえ、あ、アタシも……、アタシにもぉ……、ちょうだい、もうだめっ、見てるだけじゃたまんないよぉ……」

「ふっ……いいだろう。ケツをこっちに向けろ！」

「うん、どんな格好にでもなる。なるから、入れてね、センセの太くておっきいの、アタシに入れて」

「バカヤロウ、指図するんじゃないって！　入れてやるから、オマエの腐れマンコに。早くケツを向けろ！」

　瑞穂の尻が自分の方に向けられて、坂口は、小娘らしからぬボリューム感のある尻をじっくりと観察してやっ

た。すぼんだ尻の穴も、その部分のすべての毛先まで愛液にまみれて濡れ光り、ズルズルになったオ××コも、すっかり丸見えだった。

「はぁ……はあ、ああ、センセ、早くぅ……」

「よし……。そら！」

坂口がズブリと瑞穂を貫いた。だが、濡らし過ぎて、開ききった瑞穂のその部分は、なんの抵抗感もなく、彼のモノを受け入れた。

「こら、どうした。もっと締めろ、締めるんだ。締めながら腰を振れ！　このままじゃ、オマエのここがびしょびしょに……、ヌルヌルに濡れすぎてるから、俺様のモノがどれだけ立派でも、ユルマンだとしか思えないぞ！」

「いっ、いじわる言わないで。締める、締めるから……。はうぅんっ！　あっ、はあぁっ！　んっ、んん、はっ。やっぱぁ、センセェのぅ、おっきいぃぃ、締めたら、すごい力ではねかえしてくるみたい。ああ、すごい、んっ、あぁぁぁぁ」

瑞穂のよがり声も、濡らし方もすさまじかった。

「それにしても、びしょびしょだな！」

「興奮してるもん。うんん、いい……、いいよぉ。いいよぉぅ、はぅん、んん、はっ、はあぁ……」

「こら、自分だけよがるんじゃない。ほら、俺が感じるように、もっと腰を振れ！」

「はあ、はあ、いい、アタシ、んっ！　んん、あ、あ、あ、感じすぎちゃう……。い、いいよ、いいよぉ……。はあぁん、あああぁぁぁ」

「こうか。そらっ」

「くううぅっ！　ああっ！　そ、そこ……、ああっ！　はあ、はあ、す、すごい、たまんないよ、センセ、もっとしてっ！　もっとぉぉ、もっとして、気持ちいぃぃ。あああぁっ！　あっ、だめ、きちゃう、きそう、あっ、あっ、ん、ん、はあっ、ああああぁぁぁ！　だ、だってぇ、いいのぅ、すっごいぃ！　い、いっちゃう、いっちゃうよ、センセェ、いっちゃうよぉっ！　ああっ、だめ、もういくっ、あああああああぁぁっっ！」

　ちはやは坂口と瑞穂が繋がっている部分を見つめて、自分の指を三本も使って、まるで坂口の動きに合わせるように出し入れしていた。

「せっ、せんせい。お願い！　瑞穂ちゃんとあたしの顔に同時にかけてぇ、はあ……」

「あっ、それ、いいねぇ、エッチっぽいねぇ。ああ、かけてえ」

　瑞穂もトロンとした目をして、自分から抜いて、くるりと態勢を変えて、坂口の怒張したモノの前に顔を向けた。そして自分の愛液をタップリと手に付けて、自分たち二人の顔にかかるように、坂口のモノをしごき始めた。

　ドピュッ、ドクンドクン、ドピュッドピュッ……。

坂口が射精し、その精液が小娘たちの顔にかかった。

「はああぁぁぁっっっ！」

「はあぁぁ……あったかい……、ん……、はあ、おいしぃ……」

ちはやと瑞穂は、ともに舌を出して、その坂口が放ったものを舐めた……。

「……はあ、……すっごく良かった！　せんせい、もういっかいしよ！　今度は中出しさせてあげるからさぁ」

ちはやが言った。

「バカヤロウ、用が済んだらとっとと帰れ！」

坂口はまだ満足しない小娘たちに腹をたてて、そう怒鳴った。

※　※　※

次の日、坂口は自宅で昼間からジン・トニックを飲みながら、くつろいでいた。

平日だが、代休を取って休んでいたのだ。

誰もこないはずなのに、チャイムが鳴った。

「さっかぐち先生っ！」

「せんせぇ」

やって来たのは、岩崎留美《いわさきるみ》と米田栞《よねだしおり》だった。前は城宮総合病院で坂口が手駒《てごま》としてセックスの相手をさせていた看護婦たちだ。だが、二人に飽きて、よその病院に転勤させてから、もうかなり時が経っていた……。

「うふふふっ！　お久しぶりです、先生！　偶々《たまたま》二人で一緒にお休みがとれたんで、偶には昔の職場を訪ねてみようかな、なんて。そしたら、先生お休みだって聞いて、来ちゃいました。うふふ」

と留美。

「来ちゃいましたって、誰から聞いたんだい、俺のマンションの場所なんて、オマエたちに教えてやってなかったろ」

「あっ、杉村先輩から無理矢理聞き出しました。どうしても先生に逢いたいって、無理矢理、うふふ」

「無理矢理って、杉村君になにかしたのか」

「なんにもしてませんヨオ。……ちょっと栞と二人で苛《せ》めただけです」

「はい。……杉村先輩感じやすいから、すぐ教えてくれました。」

栞と留美は城宮総合病院にいた頃からレズ・プレイに耽《ふけ》っていた……。

二人とも男とも女ともスケベなことをするのが大好きな娘たちなのだ。

弘子がなにをされたかは、なかなか興味深かったが、どうせ無茶なことをしたにちがいない、と坂口は思った。

「うふ……あの、坂口先生？」

「ん？　どうした、留美」

「あのぉ……」

「そのう、せっかく、久しぶりにお会いできたんですし、ねっ？」

「なんだ」

「もう……、わかってらっしゃるくせに……。抱いてください。だめですか？」

「あの、わたしもずっと、先生にしてもらってないから、留美先輩と先生に一緒に遊んでもらいたくって……」

「あぁ、オマエたちもか……」

「えっ、オマエたちもって、誰かほかにも先生にエッチをしてもらいに来たんですか？」

「そんなことオマエたちに関係ないだろ。俺があれこれ聞かれるのが嫌いなのは知ってるよな。わかったよ。まぁ、今日は暇を持て余していたから、相手をしてやろう」

「ありがとうございますぅ！」

「じゃあ、すぐに服を脱げ！」

「はい！」

「はい！」

二人は同時に返事をした。まぁ俺に素直に従うなら、昨日の小娘たちより楽しめるかもしれない……。

坂口はソファーに腰をおろしたまま、服を脱ぎ出した女たちを眺め回した。

「これで、よろしいですか、せんせぇ、下着はまだ脱がなくても、先生、ご自分で女の下着を破いたりするのがお好きでしたよね」

先輩の留美は、さすがに坂口の好みを心得ていた。

「二人のこんな姿を見るのも久しぶりだな……。お前たち、病院を変わってからどうしてたんだ。あっちで若い医者でもくわえこんでたのか？」

「そんな……。そんなこと、しません」

「あたしもです。男の人は先生だけですよう」

二人とも口裏を合わせているだけなのかもしれなかった。が、留美と栞のことだ、あんがい本当に、いい男がいなくなったって、レズってお互いを慰めていただけだったという可能性もあるだろう……。

そう思いながら、それでも、坂口は二人をからかった。

「信じられないな、エッチなオマエたち二人のことだ。レズっているだけで満足していたなんて、信じられるわけがないだろう」

「そ、そんなぁ、だから先生のところに来たんじゃないですか。わたしたちのカラダを調べてもらえばわかります。ほかの男になにかさせたりしていないって……」

「ほう、なかなか男心をそそるように誘惑するようになったじゃないか、留美。カラダを調べてくれってて、エッチなことをしてくれっていうことと同じことだろう。まあ、いい。じゃあ、まず二人がどんなふうにレズってたか、その奥の部屋にあるベッドの上で実演して見せてもらおうか」

「あっ、はい。……おいで、栞」

「はっ、はい。おねえさま」

「栞、もっと脚を広げて、……良く見せて頂戴」

「あん、おねえさま、は、恥ずかしいですう……」

「んっ、……あら、いけない子ね、栞。もうこんなになってる」

「はぁん、あっ、おねえさま、そんな、だめ、いきなり」

「どうして？　うふふ、先生にも良く見えるように、ねっ？」

坂口も、すでに隣室のベッドサイドに場所を移していた。ベッドの横にある小さなテーブルのこちら側にクッションを置いて、グラスを片手に女たちを見物していたのだ。

そうだ、二人とも、もっと俺を楽しませろ。そのためにやらせてるんだから……。

ちょっとした秘密クラブのショーみたいだった。

坂口は、さっきから飲み続けているジン・トニックをまた口に含んだ。

「あんっ！　あっ、だ、だめ……、くふ……、んっ、あっ、お、おねえさま……」

「うふふ、かわいいわ、栞。ほら、先生に自分で広げて見せてごらんなさい」

「あっ、あん、んっ、いや、恥ずかしい、くぅんっ！」

「ちゅっ、ふふっ、オッパイもこんなになって……」

栞が素っ裸になってベッドの上で坂口に向かって脚を広げていた。

留美はベッドの下の絨毯に跪《ひざまず》き、栞の股間を舐めて刺激しつつ、片手で自分のオ××コをかき回している……。

もちろん、留美の尻が坂口のほうに向いている。彼女がわざわざ坂口に見せつけている部分は、突き出した尻の間から見える、ぱっくりと物欲しげに口を開けている彼女自身のオ××コだというわけだ。

だが、留美のリードは、やはりゲームじみて見えた。

型どおり、オッパイをしゃぶったり、アソコをいじったり……。

「あ、あ、あぁぁ、いや、だめ、あたし、ふぅんっ！　い、いや、おねえさま、そんな、そんなとこ……、あぁんっ！」

「はあ、ほら、栞。あなたのここ、ぴくぴくしてるわよ。うふふ」

「あっあっ、おねえさま、ん、ああ、おねえさまぁ。気持ちいいですぅ……」

「んんっ！　あっ、……そうよ、栞……、んん……、あぁ、もっと、感じて」

「あああぁ、あん、ん、ああぁぁ、だめ、気持ちいい……」

「はあ、はあ、ん、ああぁぁ、いいわ、んあぁぁ、んん、んん」

「んあぁぁぁ、せ、せんせい、わたしの、見てエ、んん、んあぁぁ」

「くくっ、留美、なるほど、わかったぞ！　オマエたちにとってはマンネリのプレイでも、俺に見られていれば、オマエたち、興奮するんだな。だがまだ、その程度じゃ、俺のモノを立たせることはできないがな。もっと自分たちで慰めろ！」

「んん、うぅぅん、ん、ん、んんん！　はあ、はあ、あああぁぁぁぁ、ああ！　おねえさま、おねえさまぁ、うう、し、栞、飛んじゃいそうですう、ああぁぁぁぁぁ」

いちだんとねっとりとした愛撫《あいぶ》をくわえる留美に、たまらず栞がカラダをくねらせながら、よがる。

「ああ、先生、もう、わたし。もう、我慢できない！　せんせぇのしゃぶって、勃《た》たさせていいですか？」

留美が言った。

「……まだだ、もっと見せてくれ……」

「……んん……先生、……ああ、入れて欲しいんです。せんせぇのじゃなきゃ、やっぱりダメなんですぅ。抱いてください、もう、わたしこんなになって……。お願いです、欲しいの、お願い、せんせぇっ！」

留美が脚を開いて、自分の濡れそぼったモノを、さらに両手で広げて見せた。膨らみきったクリトリスが、男の赤ん坊のペニスを無理矢理剥いたような感じで勃起していた。

「やっぱり留美も栞もほかの男をくわえこんだんだろう。それでも、俺のじゃなきゃ、物足りないのか？」

「そっ、そんなこと、二人ともしてません。でも、せんせぇのじゃなきゃ……」

「……ふふっ、いいだろう。留美、しゃぶらせてやる」

「ああぁんっ、あっ、お、おねえさま、先生っ！　あ、あたしも、あああ……、ほっとかないで！」

「せんせぇっ！　あっ、す、すごい、くふぅぅっ！」

「相変わらず好き者だな、留美。オマエは……」

「あっあっ、だ、だって、せっ、せんせぇのが、先生のが、すごぉく、いいんだもの！」

「……ふっふっ、よし、入れさせてやる！　俺に背中を向けて、俺の上になって、自分で俺のモノをオマエのオ××コに入れるんだ。そしたらさっきみたいに、オマエのケツの間から、今度は俺のモノを出し入れしているオマエのいやらしいオ××コをばっちりと見てやることができるだろう」

　その時、坂口は絨毯の上に仰向きに寝て、楽なかっこうで、自分の勃起したものを留美にしゃぶらせていた。その坂口のカラダの上になり、留美はようやく坂口のモノにありついた。そして、長くじらされたじれったさを振り払うように激しく腰を使った。オッパイをブルンブルン揺らしながら……。

「あああぁぁあっっ！　すごい、あっ、あああぁぁあっっ！　はあぁっ！　ああああっ、すごい、おっきぃ。ああぁっ、あっ！　いいっ、それ、すごい、ああああああっ！　も、もっと、んっ、はあぁぁっっ！」

「はぁ、はぁ、おねえさまぁ、あっ、気持ちよさそう……」

　栞は涎《よだれ》を垂らしながら、自分のオ××コを慰めていた。

「いいわ、いい、すごくいい、あぁぁ、アソコが、熱い。んっ、ああ、……わたし、あああっ！」

「くく、淫乱《いんらん》そのものだな、見えるぞ。ばっちり見える。オマエのでかいケツの間から、俺のモノをくわえ込んでいるオマエのオ××コがな。留美。これがオマエの本性だ。このドスケベェ……、もっと腰を動かせ。そらっそらっ！」

「あぁぁぁ、あ、あ、あ、こんなのっ、ああ、せんせぇ、いい、たまんない、あっ！　はあぁぁっ！　あっ、ああっ、く、あああぁぁぁっ」

「おねえさま、綺麗《きれい》ですぅ……。オッパイが汗で光って……。綺麗ですぅ……、ものすっごく綺麗ですぅ……、栞も、栞もされたい！　入れて欲しいですぅ」

「栞、留美をイカせたらな。オマエもやってやるから、心配するな。留美、そら、そら、あんまり待たせたら、栞がかわいそうだぞ！　留美、イケエ！　それ、それ！」

「あ、あああぁぁぁ、イク、あ、あ、あ、あああぁぁ、あああああああぁぁぁぁぁぁ……」

坂口はまだ射精していなかったが、留美はあきらかにオーガズムに達した。

「ふふ……、派手にヨガったたな」

「ああ、ん、ああん、はあ、はあ、はあ、はあ……」

「はあ、はあ、あの、せんせぇ、まだ固いまんまなんですか？　すごい！」

と、栞……。

「当たり前だ。そこらの男とキャリアがちがうさ！」

「見て、見てください。あたしの、もうこんなですぅ…。欲しいのぉ、お願いします、なんでもいうこときききます。せんせぇ……」

「くくっ、よし、栞、ベッドに上がれ」

「……はい」


「どうだ。こうか！」

　坂口が正常位でズブっと栞に挿入した。もともと少しアソコが狭い栞には、このやり方が楽だったからだ。

　栞は頭をベッドからずり落ちさせて、突かれるままに、がくがくカラダを揺らして感じまくっていた。

「あああぁぁっっ！　ああっ、す、すごいっ！　あっ、ああんっ！　これ、これなの、あたし、これがほしかったんですぅっ！」

「オマエは相変わらず、狭いな、うっ、中が」

「あっ、あんっ！　ひぐっ、あっ！　いやっ！　いい、いいぃぃっ！」

「くくくっ、でも、感じるほうは、しっかり感じるようになったか。よし！」

「あっあっあっ、いっぱい、いっぱいなの、いっぱい、くぅぅんっ！　変な感じ、ああぁぁ、飛んじゃう、うぁあああぁぁ……」

「ううっ、ふん、それ、それ！　そら！　こうか」

「あ、あ、あ、ああぁぁぁ……だめ、いっちゃいますぅ、もう、ああ、ふわふわする、せんせえぇ！　あっあっあっ、それ、それいいの、それぇっ！　あっ！　あ、あ、ん、んん、ああっ！　ひぃんっっ！　あああああああぁぁぁ、あっ、あっ、あっあっ！　ああっ、だめ、だめえっ！　いっちゃうのぉぅ、いっちゃいますぅっ！　いくっ、いっ、ひ、ぁ、ぁ、ぁ、あああああああっっ！」

「ううっ、だ、出すぞ！　栞！」

「あっ、せんせぇ、わたしにも、わたしにもください、かけてくださればいいですから、ほら、栞も一緒に」

「……はあ、はあ、……はい、栞もそれでいいですぅ」

「あぁ、オマエたちもか……」

坂口は、さっきと同じことを言った。一瞬、留美と栞に、ちはやと瑞穂の顔がだぶった。

「あぁ……、先生、はっ、早く！　はやくください、はぁ」

「……はあ、はあ、しおりもぅ、栞もぉぅ！」

坂口が女たちにかけてやった。

「はあ、はあ、はあ……、せんせぇの味って、やっぱりステキ……」

「あっ、せんせぇの、んっ、おいしい、ステキ、栞もそう思いますぅ」

坂口は、なんだかやはり誉められているというより、女たちを楽しませてやっただけのような気になった……。

※　※　※

同じようなことが続く時は、続くものだ。

その夜、遅くに、坂口のマンションにやってきたのは、そもそも坂口が今のような淫蕩《いんとう》な生活を送るきっかけをつくった女医の江美子だった。

「先生……」

「なんだ、江美子か。どうした、今頃？」

「すっ、すみません、突然、こんな遅くに……」

「まあいい、どうせオマエのことだから、体が疼いてたまらんのだろう。ふん！　そんなこと、俺の知ったことか！」

「そんなあ、ひどい、先生、あ、晃様ぁ……」

「じゃぁ、ちがうって言うのか？　やって欲しくて来たんじゃないと言うのか？」

ほかに江美子がやって来る理由など、ありえなかった。

「うっ、それは……。そっ、その通りです。わっ、わたくし、ずっとしていただいていないから……、もう変な妄想ばかりしてしまって、気が狂いそうで」

「自分で処理すればいいだろう、一人でオナッてろ！　ここで見ててやる。オマエのオナニーショーは、なかなか見応えがあるからな」

「そんなぁ。でも、あの、お願いです。もう一人では満足できないんです。抱いてください、晃様ァ……」

いかにもサディストの男に媚《こ》びるマゾっ気のある女らしく、江美子は悲しげに坂口に懇願した。

「ふっ、そんなに俺に抱かれたいのか。見下げ果てたマゾめ！」

軽蔑《けいべつ》を込めて、坂口が吐き捨てるように言った。

「はい！　あの、わたし、どんなことでもします。なんでも、……ほんとうになんでもしますから、ですから、晃様……」

「よしっ、じゃ、こうしよう。まず、オマエのオナニーショーを見てから、どうするか、決めてやる。……服を脱げ！」

「はいっ！」

で、江美子は従順に下着姿になった。坂口はしばらく見ていなかったが、彼女はいつも、普通の素人女なら着ないような黒のブラとパンティをつけている。

その夜の下着は、坂口を喜ばせようとしたつもりか、特殊なエッチな下着ばかり売っている店で買ったもののようだった。

　黒いブラの乳首の部分までがシースルーになっている。しかも、その乳首がすでに勃っているのが見える……。身長こそ百六十九センチとやや大柄だが、体重四十八キロ、バスト八十七、ウエスト五十八、ヒップ八十八の、くびれた江美子のカラダは、たしかにこういう下着がよく似合った。

「相変わらずの、趣味だな。……江美子」

「……」

「淫乱女医の下着姿か、くくく、なかなか良いもんだな」

「あ、ありがとうございます。あの、そんなに見つめないでください……」

「よし、気に入った。オナニーショーは勘弁してやろう。でも、ただやるだけじゃ面白くないな。そうだろう、江美子」

「は、はい？　晃様……」

「ふふふふ、目を閉じろ！　江美子」

　彼女が目を閉じると、ビニールテープをビーっと剥《は》がす音が深夜の静寂を切り裂くように聞こえた。縄ではなく、坂口はテープを江美子のカラダに巻き付けた。

　乳房の上下に巻き付け、その膨らみがいっそう際だつようにしたのである。

　もちろん手も後ろに回させて、テープで拘束してしまった。

「あっ、晃様、ちょっと苦しいです、オッパイが」

「……だろうな。オマエ、エッチな気分になる媚薬《びやく》でも飲んでいるのか？　そのでかいオッパイが汗ばんで、悲鳴を上げて泣いているみたいだぞ。……なんだ、それとも媚薬なんか使わなくても縛られれば感じるのか？　どうなんだ？」

「……っ、はぁ、んっ、は、はい……。少し苦しいですけど、すごく、どきどきしています……」

「とんでもない淫乱だな。……さあて、どうしようか、くくく」

「……あ、あの……」

「うるさい！　今、考えてるんだ」

「あっ！　す、すみません……」

「……よし。じゃあ、こっちへ来い。そこにうつ伏せになれ」

坂口はテーブルに江美子のカラダを後ろから押さえつけた。ビニールテープのせいで絞り出されたように突き出している乳房が、冷たいテーブルに押しつけられて、握り潰《つぶ》されたゴムマリのように変形した。

「うっ、冷たい……」

「いちいちうるさいぞ。どうせすぐにおまえの体温が移って熱くなる」

「んんっ、あ、晃さま……。くっ、ぁあっ、はあ、ち、乳首が、つぶれて、こすれて、あああぁぁぁぁ」

「ふっ、そんなもので感じるのか。……とことん淫乱な女だな」

「はっ、んん、ん、ああ、晃さま……」

「江美子、咥《くわ》えろ」

「……は、はい……」


……さすがに、しゃぶり慣れた、テクニック抜群のフェラチオだった。

「なかなかいいぞ、江美子。ふっふっふっ、どうだ、美味《うま》いか。どうした？」

「はぁ、はぁ。だ、だってぇ、しゃぶってるだけで、わたし、感じてしまって、たまらなくて……。だって、どうしようもないんです！　もうずっと、欲しくて欲しくて、気が狂いそうだったんです。……はあ、はあ、……だから、ああぁぁ、晃さま……」

「ふっふっふ、もう入れてほしいのか、江美子」

「ん、はぁぁ、はい、晃さま……。欲しいです。コレ、わたしのアソコに、ああ、ください、じゅる、じゅる」

咥えながら、言葉を口にするので、江美子のしゃべり方は、充分過ぎるほどいやらしかった。

「奥まで、はあ、はあ、めちゃくちゃにかき回されて、ああぁぁ、はぁっ、あっ、んっ、欲しい、ぶち込んでええ！」

不意に坂口は面白いことを思いついた。風呂場でこれまでやったことのない、このマゾ女に相応しい行為をしてやろうと思ったのだ。

「ふっ。いいだろう。……風呂場へ行け、江美子」

「えっ！　ああ、はい！」


風呂場はさっき坂口が入った後、湯を流しておかなかったせいで、まだ暖かかった。たちまち二人は汗まみれになった。

江美子はビニールテープで拘束された上半身はそのままで、タイルの上に転がされた。

坂口は、大きく割り広げた江美子の股間の肉の裂け目に自分の勃起しきったモノを突っ込んで、情け容赦なく、乱暴に腰を使った。

乱暴にされればされるほど、よがる江美子に情けは無用だ。

「あっ、……あああぁぁぁっっ！」

「どうだ」

「はあぁぁぁぁ、ああっ、い、いい」

「そんなにこれが欲しかったのか？　オマエの頭の中はいつもこれのことでいっぱいで、これを頭に思い浮かべたら、仕事もできなくなるんだろう。これがオマエのオ××コが涎を垂らして欲しがっていた晃さまのオチンチンだ！」

「あっ、おっきぃ、大きいぃ！　ああ、ぅぐっ、あっ！　晃さまあっ！　あっあっあっ、おっ、奥に、奥にあたるぅ！　ああぁっ！」

「ぐしょ濡れのわりにはよく締まるじゃないか、そいつがオマエの取り柄だな」

ねっとり、糸を引くように粘っこく、しつこく絡みついてくる熟女のオ××コの味。

それ自体がいつも貪欲に男のモノを味わおうと待ち受けている罠のようなオ××コ。

で、そんなものに辟易《へきえき》したからこそ、捨てた江美子のそれが、今、グイグイと坂口のものを味わい尽くそうとしていた。

「はあああぁぁっっ！　ああっ、すごい、あ、晃さま、た、たまんない、ああっ、あっ、あっ！　はあぁんっ！　ああっ、あっ、いい、いいっ！　くっ、あふっ、んっ、ああああっっ！　ひあぁぁっっ！　ああっ、いいっ、いいっ！　はぁんっ！　あ、あたる、あぁっ！　はあぁぁんっっ！　あああぁぁぁぁぁっっ！　あっ、晃さまあああぁぁぁ！」

「そらっ！　そらっ！　そらっ！」

「ひあぁぁぁっっ！　ああああっ！　あっ、あぁっっ！　いいっ、いいぃぃぃっ！」

「悶《もだ》えろ、ふっふっ、オマエのアソコから汁が溢《あふ》れ出して垂れてるぞ」

「はあぁぁぁぁっっ！　いや、ああっ、いいっ、晃　さま、あぁぁぁっっ！」

「ふっ、あとからあとから溢れてきやがる。江美子、今日だけは許してやる。もっとよがれ！　よがりまくれ！」

「あっあっあっ、ああああぁっ！」

「おいおい、そんなに締め付けると俺だってすぐに出してしまうぞ。オマエは男に射精させないようにオ××コを動かしながら、感じまくる特技があるんじゃないのか？」

「うくぅぅっ！　ああああぁっ、そ、そこ、そこあたる、ああっ、い、いいっ、……はぁ、はあ、そ、そこ、そこいいっ！　あぁっ、だめ、、あ、あ、ギモジイイっっ！　ひあああぁぁぁぁぁぁぁっっ！」

「まるでケダモノだな、いいぞ、江美子。ヒダが絡《から》みついてくる、うう」

「はふぅっ！　あっ、あぐっ、んっ、く、ああああっ、……はあ、はあ、ああっ、あっっっ！　ああっ、もっと、晃さま、もっとぉぉ！　い、いい、すごくぅ感じるうう、ああっ、晃さまが、あっ、わ、わたしの中に、あああっ、すごい、くうううぅぅっっ！　があああぁぁあっ！」

「はぁう…。そら、もっとヨガれ。ヨガり狂え！」

「ぐあああぁっ！　あっ、あぐっ、はあ、はあ、あっ、あっ、あっ、あああぁっ！　あ、晃さま、わ、わたし、ひぐっ、あっ、も、もう、だ、だめ、い、イキそうです、ああああぁぁあっ！」

「まだだ。もっと腰を振れ！　それ！　仕上げだ！」

坂口は、江美子をさらに狂わせるために、より激しく腰を使った。

「ぐがあぁぁぁぁぁっっ！　ああっ、いいっ、だめ、はあ、はあ、あ、あ、あ、ああぁあっっ！　んん、イク、いっちゃう、いくぅっ！」

「ふん！　ふん！　そら、そらそら！」

「あああぁぁぁいいいぃぃぃ！　うぐっ、ん、んん！　ひいぃぃ！　いっ、晃さまっ、いかせてくださいっ！　ああああっ、いやっ、いくっ、いくぅぅぅっっ！」

「そら！　そら！　そら、いけ江美子！」

「があああぁぁあっ！　あ、あ、あ、あ、あぁぁぁぁっっ！　いいぃぃいっっっっ！　あああぁぁぁぁぁ！……」

「くっ、ううっ！」

坂口が精を放った。で、江美子も達した。だが、坂口がそのために江美子を風呂に連れてきた、仕上げがまだ残っていた。

「ふふふっ、江美子。まだ、オマエにふさわしいことをしてやるぞ！」

「はあ、はあ……」

「顔を上に向けろ。ほらっ」

「あっ……」

「口をあけろ。いいものをやる」

「……はあ、んん…う、はあ、はあ……」

「そら、行くぞ、江美子！」

坂口が精を放ってもなお、やや硬さこそ失われたとはいえ、常人よりははるかに大きい巨根から別の液体を放った。ジョロジョロ、小便を……。

「え、うぐっ……！」

「こぼすなよ」

「んぐっ、んぐ、んん……」

「飲め！　……全部飲み干すんだ」

これをやるために江美子を風呂に連れてきたのだ。セックス奴隷には奴隷らしい扱いをしてやらねばならない。自分が自分から求めて、すぐにご主人様にしてもらえるような存在ではないことだけは、思いしらせておく必要があるだろう。

「んっ、んぐ、ごくっ、ごくっ……」

江美子が噎《む》せて、こぼしそうになると、坂口は怒鳴った。

「バカヤロウ、オマエは俺の奴隷だ」

と……。

江美子はその坂口の剣幕に、なにがあったのだろうと思いながら、涙を溜《た》めて、その液

体を必死に飲み干した……。

※　　※　　※

さすがに、ちはや、瑞穂、留美、栞、江美子と、立て続けにあんなことをした後、坂口は二、三日、しばらくカラダに疲れを感じた。

けれども、江美子に小便を飲ませた後、次に誰をどうするかまで思い描いていた。

あのつけあがっているとしか思えない小娘、ちはやにお仕置きをしなければならない。

その方法を考え出していたのである。

やはり薬剤師の真奈美《まなみ》に調合させた媚薬を使うつもりだった。真奈美には飲み薬も塗り薬も、いろんなタイプのものがつくれるように研究をおこたるなと、常日頃命じてある。

その成果を利用して、ちはやにお仕置きをしてやろうというわけだ。

だが、クスリの効果というのは、まず実際に試してみておかねば、いざという時、役立たない。それで、坂口は、真奈美自身をいつも実験台にしていた。

その日は週の終わりで、真奈美に仕事を終えた後、今自分がいちばん効くと思っているクスリを飲んでから、坂口の部屋に来るように命じてあった。

夕刻になって、坂口のところにやって来た真奈美は、もうはっきりと発情していた。

「ははは、よく効くクスリのようだな。真奈美」

彼女はもじもじ腰をくねらせて、顔を紅潮させ、息も荒かった。

「あの、はぁっ、ん、坂口先生、あのクスリ、コーヒーといっしょに飲むとすぐに効いてくるんです。晃さま！　ああっ……。わ、わかってらっしゃるんでしょう？　わたし、どうしていただかないと家に帰れないか。あ、んっ、アソコが、じんじんして、あっ」

「くっくっく……しようがないやつだな」

「……あぁっ」

ゴクっと真奈美は生唾《なまつば》を飲んだ。

「……お、お願いです。わ、わたし、わたし、ちゃんとおかしく、おかしくなってます。ご、ご褒美をください。はあ、はぁ、んっ、はっ、お願いします。晃さま！　し、鎮《しず》めて、助けてください！　だめ……、気が、気が狂っちゃいそう！」

「ふっふっふ、そうか。気が狂うか」

坂口は面白そうに真奈美を眺めた。もちろん、このまま放っておけば、なにをしでかすか、わからない。もう自分のカラダもすっかり疲れが取れている。たっぷりとかわいがってやるつもりだった。それで、おもむろに言った。

「くくく。……真奈美、服を脱げ！」

「あぁぁ……！　は、はい……！」

彼女は狂喜せんばかりに嬉《うれ》しそうに全裸になった。

「刺激的なかっこうだな、真奈美。」

「はぁぁ、ああ、はい、す、ご、くっ、興奮、しています」

「さあ、どうして欲しい。今すぐぶち込むのがいいか？」

「ああぁぁ、なっ、なんでもいいですから。あっ、ん、早くう……」


「ふっふっ。まあ、そうあせるな」

「んあああぁぁ、ああ、熱い、アソコが溶けちゃいそう。あああぁぁぁ……」

「ふふふっ。……なら、もっといいことをしてやろう」

「え、あ、なにを？」

坂口は真奈美のカラダにデスクの後ろにある棚から取り出した蜂蜜を塗り付けた。

「あっ、冷たい、んっ、あ、あぁぁ、なんだか、ヘンな、感じ。んっ、はあぁっ、ああ」

光沢を持つどろりとした液体が真奈美のカラダを、いっそう淫《みだ》らに輝かせて見せた。

「うーん……なかなか美しい。ふむ。ずいぶんとうまそうになったな。どれ」

坂口はまず首筋から音をたてて舐めてやった。

「……ぺちゃ、ぺちゃ」

そして、胸の上からまた蜂蜜を垂らした。

すると、その蜂蜜が流れ出し、真奈美の膨らみきった乳首を伝って、さらに下のくぼみにゆっくりと落ちてゆく……。おそらく、その自分のカラダを這《は》う蜂蜜の感触でさえ、真奈美の性感を高めてしまうのだろう。

「ひあぁぁっっ！　あぁっ、くっ、あっ、あぁんっっ！」

「なにを暴れている、真奈美」

「だ、だって、……ぅぅんっっ！」

「なかなか美味いぞ、ん？　乳首もいつもより美味そうだ。吸って欲しいか、しゃぶって欲しいか、噛《か》んで欲しいか？」

「あっ、あぁぁっっ！　だ、だめぇぇっっ！　噛んじゃ、あぁっ！　あっ、うぅんっ！」

彼女は敏感過ぎるほど敏感になっていた。どこをどうされても快感が走るらしい。蜂蜜でテラテラになっている姿にもそそるものがあったが、それ以上に、感じまくるくねとした彼女の動きが、坂口を興奮させた。

「……ちゅるっ」

坂口が繰り返し乳首を吸って、舐めた。

「くふぅぅんっ！　ああっ、晃さまっっ！　あっ、あっあっ、あはぁぁっ！」

「そう体をくねらせるな。蜂蜜まみれになったオマエのカラダを丁寧に全部舐めてやるからおとなしくしていろ」

「……はあ、はあ、んん……。んんっ！　あっ、ああぁっ！　あんんんっっ！」

「へそに入ったな。んん、ちゅる、ちゅる」

「ふああぁぁっっ！　ああっ！　くううぅっっ！　だ、だめ、いやあぁぁあ、く、狂っちゃうぅぅっっ！　ああぁぁんっ！　お、おかしくなる、あああぁぁっっ！」

「だいぶキレイになったな」

「あぅっ！　あっ、くぅっ、うぅっ！」

「最後は、ここだな。じゅ、じゅる。ちゅう」

もちろん蜂蜜と汗と愛液が混ざり合ったオ××コを舐めてやったのだ。

「ああああぁっっ！　ああああぁぁっっ！　はあ、はあ、あっ、あっ！　ああっっ！　うんっ、く、あぁっ、だめ、だめぇっ、そんな、そんなあああっ」

「んん、ぺろ、ぺろ、じゅるる、じゅる、んん」

坂口は、集中的にそこを思いきり広げさせて、むしゃぶりついてやった。

「あああぁぁっ、んん！　死んじゃう、あっ、だめっ、うあぁぁぁ、そんなとこ、感じすぎちゃう！　ひっ、あん！　い、いっちゃう、あぁぁぁっ！」

「おい、誰がイッていいといった？　オマエだって、ちゃんと突っ込んで欲しいだろ。それで、たっぷりと出してもらわないと収まりがつかないんだろ」

「そっ、そうです。その通りです。ああ、ああぁぁぁっ！　い、いや、しゃぶるのはそれくらいで許してぇ。だめ、お願いです、晃さまっ！　あっ、やっ、でも、それ、それっ、いい、いいいのう、やめないでぇぇぇっっ！」

「いいな、真奈美！　イッたら許さんぞ」

「……はあ、はあ、ん、は、はい。ぁぁぁぁぁん」

「じゅる、じゅる、ちゅう、んん……」

「あぁぁっっ！　あっ、あぁぁんんっっ！　す、すご、あっ、だめ、あぁあっっ！　いや、いっいいっ、あっ、溶けちゃう、死んじゃううぅぅっっ！　はあぁぁぁぁ……っっ！」

「ぷううぅぅ。蜂蜜とおまえの汁が混じりあって、妙な味がするぞ」

「あああぁぁっっ！　はぁっ！　あひっ、あっ、だ、だめええっ！　いやぁぁぁっっ！　ああぁぁぁっっ！　死んじゃうっ、死んじゃうっっっっ！」

　それは狂人のような絶叫だった。

「……はぁっ、はあっ、……はあぁぁっっ！　あっ、んん、ああ、もう…ください、晃さま、入れて、お願い、入れてぇぇ、たっぷり真奈美の奥に出して、かけてください」

　今度はうつろなすすり泣きに聞こえた。

「……ふふっふっふっ。くくくくくくく、もっと言え、入れてぇって、俺はオマエがそう言うのが好きなんだ。お願いです、入れてぇって」

「入れてぇっ、入れてぇっ、入れてぇっ、入れてぇっ、入れてぇっ、入れてぇっ、入れてぇっ、入れてぇっ、入れてぇっ……、あっ、晃さま、入れてぇっ……」

坂口は彼女がその言葉を繰り返すたびに自分のモノが力でみなぎってくるような気がした。そうして自分も我慢できなくなって真奈美を貫いた。

「どうだ、真奈美。欲しかったモノだぞ！」

「ふわぁぁっ！　ああっ、いいっ！　いいですっ、晃さま、気持ちいいっっ！　ああああっ、あっ、お、奥まで、奥までいっぱいに入ってるう、うう！」

「ほら、ゆっくり味わえ。たっぷり楽しめ。くくく、真奈美……」

「あああぁっ！　ん、ん、ん、あああぁぁぁっ！」

「……さすがに、いつもと反応が違うなあ……」

よくやった、真奈美、これなら、あの生意気な小娘、ちはやなどイチコロだろう。

一瞬、坂口はそう思った。

「あひっ！　いいっ！　たまんないっっ！　も、もっとぉ！　ああっ、突いてっ、かき回してぇぇぇっつ！　あっ、あああっ！　そ、そこっ！　そこいいっ、あああぁぁぁぁっ、あああぁぁぁぁっ！」

「うっ、なかなかいいぞ、真奈美、俺もよくなって来たぞ、このクスリ、女のアソコを名器にする効果もあるんじゃないか、中の動き方までちがうぞ！」

「そっ、そうですかぁ、あぁあっ、あたし、もうなにも考えられない！　なかは、なかは勝手に動いているのぅ、ひあぁっ！　あっ、あああっ、うぐっ、くうううっっっ！」

「勝手に動くぅ、そいつはいい、そら、おら、そおら」

「ああっ！　いいっ、いいのぉおっっ！　そこっ、そこぉっ！　こす、こすって、んんんんんん！　はあ、はあ、すごい、すごいぃ、あああっっ！」

「……ふふふふ、……これで、……どうだ！」

「あ、あ、ぁあ、あ、ああああぁぁぁ！　だめ、だめえ！　はあ、はあ　ん、ん、ん、うう、あっ、また、ぁぁぁああ、んん、ああああぁぁぁぁ！」

「ふん！　ふん！　そら、そら、そら！」

「もうだめ！　あ、あ、ん、んんん、ああ！　我慢できない、飛ぶ、飛んじゃう、あぁぁ……、いくっ、いくぅぅぅぅっっっ！」

「ううっ……お、おれも出すぞ、真奈美！」

坂口がドッと射精した瞬間、真奈美はこの世のものとは思えない絶叫をあげた後、急にぐったりと失神した。

なるほど、こんなふうに失神できるなら、それでクスリの効果も収まるにちがいない。

ジンジンしたオ××コの疼きもなくなるだろう。

坂口は真奈美を揺り動かして、起こした。

「ふふふふ……、なかなか良かったぞ」

「あぁぁ、あ、晃さまあ」

真奈美が坂口に抱きついていきた。

「よし、これでいい、このクスリをもっと用意しろ、真奈美」

坂口はそう真奈美に命じた。

※　※　※

ちはやを呼び出すのは簡単だった。

彼女が自分からいつでもくると、携帯の番号を坂口に教えていったからだ。

坂口は、やって来たちはやに、コーヒーを飲ませた。もちろん、そのなかには真奈美に調合させた媚薬が混ぜてあった。

例によって、ちはやは、自分から積極的に、クスリの効果が現れる前から、坂口のモノにしゃぶりついていた。

まぁ、好きにさせておけばいいだろう。そのうち、クスリの効果で気が触れたようになってくるはずだ。そうなれば、自分が奴隷だと言うことをしっかりと思い知らせてやる。

所詮《しょせん》は、どれだけエッチなことをしていると言っても、キャリアがちがう。

今日の坂口には余裕があった……。

「んっ、むぐ、ちゅぷっ、じゅる……」

「うむ、うまくなったな、ちはや」

「んんっ、はぁ、気持ちいい？　センセ」

「ふっ、まあまあだな」

「んもう、たまらないよ、とかさ、言ってくれたっていいじゃん」

「くだらないことで口を動かしてないでさっさとしゃぶれ」

「冷たいなあ、いつものことだけど……、んん、んむ……んっ……むぐ……ちゅぷっ、じゅる……。はぁ、アタシもなんだか感じてきちゃった。ちょっと、いつもとちがうなぁ、はぁ。いくらわたしがエッチだからって、今日はそんなに最初から飢えてなんかないはずなのになぁ」

どうやらクスリの効果が現れ出したらしかった。

ちはやの目がトロンとして、飢えきった女のようなしゃぶり方の熱心さも、はっきりとちがってきていた。

「ねえ、真奈美おねえさん、まだぁ？」

今日は最初からコイツを懲《こ》らしめるために、真奈美も同室させていた。ちはやにも最初に部屋に入ってきた時に、真奈美にバイブを使わせて、楽しませてやるから、楽しみにしていろとすでに告げてあったのだ。

真奈美が淫らな目つきで坂口に合図を送った。そろそろ、クスリの効果が出ていることに彼女も気づいたのである。

「ふふ、準備できたわよ。……よろしいですか？　晃さま」

真奈美はレズ用につくられた奇妙な張り型を付けていた。

これは外から見れば、パンティに男の勃起したオチンチンのカタチをしたものがついているだけなのだが、じつは身につけるほうの女の中にも外側についているものと同じものを入れられるようにできている。

おまけにこれを穿《は》いた女が相手の女に外側の張り型を入れれば、お互いのクリトリスにちょうど当たる部分に、ローターよりもさらに小型の、微妙に振動する電動器具がついているのだ。

そして、真奈美のそばには、そのほかにもいろいろなバイブが取り揃えられていた。

「ああ、早くぅ、早くちょうだい、もうアタシ、びしょびしょになってるのぉ……」

ちはやの目つきはもうあやしかった。

「んん、ね、センセ、センセは後でいっぱいしたげるから……、今日は最初は真奈美さんとエッチなことさせてくれるんでしょ。あっ、あたし、興味ある。真奈美さんみたいな大人の女の人とそんなことしたことないから……。すっごく、んっ、むぐ……」

「ふふっ。いいぞ真奈美。入れてやれ！」

「はい。わかりました」

「ちはや、オマエは真奈美に入れてもらっても、おしゃぶりはやめちゃだめだ。オマエの俺へのフェラチオがいい加減だったら、真奈美にすぐに抜かせるからな！」

「わかった。でも、わたし、おしゃぶり好きだから、どれだけ感じてても、お口がお留守になるなんてことないよぅ。だから、だから、入れて、入れて！」

真奈美が男のようにちはやを貫いた。

「あっ、あぁんっ！　あっ、入って、んうぅっ！　あっ、これっ、なにっ、なんか、変、あっ、すごい具合のいい格好してるみたいぃ、いい、あっ、それにオマメにぶるぶるしたものが当たるぅ、あぁ、いっぱい、いっぱいになってる、そんないっぱい、いきなり入れたら、ダメェ、はあぁうぅっ！」

「バカヤロウ、自分だけよがるんじゃない！　もっとしっかり気を入れてしゃぶらないと、真由美にすぐ抜かせるって言ったろう、ちっはっやっ！」

真奈美が抜いた。

「あっ、ダメ、抜いちゃ！　う、うん、んっ、んぐ……」

「うふふ、あぁら、本当にまた頑張ってじょうずにしゃぶって……。よっぽど入れて欲しいのかなぁ、いまのぅ。じゃあ、入れてもそれ続けられたら、続けていられるうちだけ入れてあげるわ」

「んぐぅぅっっ！……ぅぅぅっっ、くうぅぅっっ！」

真奈美にまた張り型を入れられて、ちはやはしゃぶったまま喘《あえ》いだ。


「くっくっく、ほら、おらおらっ、奥までくわえろ、ちっはっや」

「そうそう、そんなふうに奥までくわえたら、下のおクチも、奥までいっぱいにしてあげるわ、ちはやちゃん」

「んんっっ！　んっ、んんっっ！　うぐっ……」

「ほうら、どう、ちはやちゃん」

「はあっ！　はぁっ、はぁっ、ああっ、だめ、あっ、い

い、すっごい、あぁぁぁん……。あっ！　い、いやっ、だめっ、抜いちゃいやあっ！」

「だって、お約束でしょ。お口がお留守になったら抜くって。入れて、動いて欲しかったら、ちゃぁんと晃さまにご奉仕なさい。じゃないとかわいがってあげないわよ」

「やっ、いや、やるよ、やるから、だからやめないでぇっ！」

「ご奉仕が先よ！」

「はあっ……」

「んっ、んぐっ、じゅぷ、ぴちゃ、んっ、んん……」

「くくっ、よぉし、熱が入ってきたな。いい感じだ、いいぞ、真奈美。ご褒美にもっと感じるように出し入れしてやれ、その張り型はカリの部分が並の男のモノよりでかいから、出し入れすると、感じるところに当たって、もっとたまらなくなるだろう。かわいがってやれ、うんとな」

「はい。ああ、なんだか、わたしもすごく興奮してきた、ああほら、ちはやちゃん？　こうしてあげるわ」

「んぐぅぅっっ！　んんんんっっっ！　んっ、んんんーっっ！」

「うっ、いいぞ、ちっはっやっ、その調子だ。もっと強く吸え。やれば、できるじゃないか。感じながらでも、ちゃんと俺に奉仕することが」

「んっ、んん、むぐ、んんんっっ！」

おそらく、ちはやは単に狂ったようになっているだけなのかもしれない。

それで、また真奈美に抜かせた。そして真奈美が装着していた妙な張り型自体も外させてしまった。

ちょうど真奈美も興奮してきて、坂口のモノを欲しがっている。ならば、真奈美に入れてやって、ちはやには、じらし抜いてやる！　ご主人さまが誰かわからせるために……。

坂口は、乱暴にちはやの髪の毛を掴んで、口を離させた。

「はぁ、はぁ、ああ、晃さま、わたしもアタマが、ぼうっとしちゃって……、お願いです、先にわたしに入れてくださるんでしょう……」

「今日はな。いつも自分が先にしてもらえるなんて絶対に思うなよ」

「わっ、わかってます！」

「ふふっ、いいだろう。来い、真奈美」

「はい！」

「あああぁぁぁっ！」

坂口と繋がると、真奈美がちはやに見せつけるように感じ始めた。

「あ、いや、ねえ、アタシは？　センセ！　やだよお、アタシもぉ！」

「センセ、じゃない。馴《な》れ馴れしくするな。オマエも俺を晃さまと呼ぶんだ！」

「はいっ、晃さま」

ちはやがそう答えたが、坂口はそんなちはやを無視するように真奈美を責め続けた。

「……はあっ！　あ、晃さま、ああ、あああああぁぁぁ……」

真奈美の悩ましい声が部屋に響く。ちはやはじんじんする自分のオ××コに真奈美がはずした張り型を勝手に入れようとした。

それに気付いた坂口が、そんな勝手なマネをさせなかったのは、いうまでもない。

「いや、いやよぉ、ねえ、センセ！　アタシも！　お願いぃ……」

「真奈美。これでちはやを可愛がってやれ」

「ああ……は、はい……。ほら、……んん……ちはやちゃん……これを、あげる」

「センセ、じゃないって言ったのがまだわかってないんだな。おまけに、ちょっと目を離せば、すぐに勝手なことをする。それで俺に入れてくれって。虫がいいんじゃないか。ちっはっや！」

「……んんっ！　ああああっ！　……はあぁぁ、ああ、あ、いい……」

あいかわらず、真奈美はよがり狂っている。

「いい？　気持ちいい？　ああああっ！　晃さま、だ、だめ、ん、そこ、そこ、感じる、すごい、あっ、そんなに、あああぁっ！」
「真奈美、少し、弄ってやれ、そこの淫乱娘を」
坂口が真奈美に命じた。真奈美は従順だ。ちはやのクスリのせいで敏感になりきってい
る部分を弄り始めた。
「あひっ！　お、おねえさん、あぁっ！　うぐっ、ああああぁ、い、いい……。はっ、
はあ、もっと？　うふふ、お豆さんがおっきく、なって、あああああっ！　晃さま、セン
セ、晃さまでいいんでしょ。ひっ！　あああぁぁぁ」
「続けろ、真奈美。もっとかわいがってやれ。いい眺めだ」
「くぁっ！　あっ、あああぁぁ、はぁんっ！　あぁんっ！　ああああああ、あっ、そこ、お
ねえさんっ、あっ、いいぃぃぃぃぃぃ、あんっ！　あっ、あっ、いいっ、いいよ、あああぁ
っっ！」
「ふふふ、ずいぶん気分を出してるじゃないか、ちはや。そんなにイイか？　じゃ、その
オマエの横にある極太のバイブも真奈美に使わせてやろうか？」
「はぁぁっ！　はあ、はあ、あっ、あああぁっ！　ああっ、おねえさん、センセ、あっ、
ちがった。晃さま、ああああああっ！　い、いいの、すごい、ああああああぁぁ……」
「んっ、ああ、晃さま、あっ、あああああっ！　お、奥まで、ああっ、奥まで当たる、うん
っ、く、あああん、ちはやちゃん、ほら、あなたも、あああぁぁ、これで、このバイブで

かき回してあげるわ」

「くうぅぅんっっ！　ああっ、す、すご、ああぁぁっっ！　い、いやっ、だめ、はあぁぁんっ！　あああああっ、ぐ、ぐりぐり、こすれ、あっ、あふっ、うう、ん、ん、すごい、すごいいぃ、ああっ、はあ、はあんっ、ああああああぁぁっ！」

「ああ、すごい、ちはやちゃんのオ××コってなんてエッチなの。こんなに、太いの飲み込んじゃって、どんどん、ヌルヌルのおつゆが出てくるわ。ああああぁっ！　ああっ、あっ、あ、あ、晃さま、あああああぁぁぁぁ！」

「おまえだって相当なものじゃないか、真奈美。ぐしょぐしょになってるぞ」

「はあぁん、ああっ、だ、だって、あっ、そこ、晃さまが、あっ、そんなに、ああっ、き、気持いい！　はあ、はあ、ん、ん、はあぁぁぁ、あっ、ああああああああっ！」

「ちはやを嬲《なぶ》る手がお留守になってるぞ」

「はふっ、あ、んっ、ああ、はあっ、あっ、晃さま、ちはやちゃんっ、あんっ、うっ、あああああ、あっ、すごい、いい、いいです、晃さま、わたし、すごい、ああああああっ、感じる、んんっ！」

「はあぁぁんっ！　あっ、だめ、もう、もうだめぇっ！　い、いきそ、いきそうだよぉ、あああぁぁっ！」

「こう？　こうなの？　ちはやちゃん？　あっ、あ、晃さま、ああっ！」

「だめっ！　やめないでぇっ！　いいの、いいのぉ、い、いきそうなの、あっ、もっとうもっとぉ！」

「『もっと』は、なしだ、ちはや、自分から人に指図するんじゃない。オマエは俺の奴隷だ！　ふふふ、いいぞ、真奈美、ちはや。実にいい眺めだ。ふふ、ほぉら、真奈美！　イカせてほしかったら、もっとちはやを責めろ！」

「あああぁぁんっっ！　はあ、はあ　んんん、ちはや、もう、い、いくっ！　いっちゃうよぉっ、だめ、もうだめっ！　いくっ、いくうぅぅっっ！」

「はあぁぁっ！　はあ、はあん、ん、んんん、あああああっ！　あっ、わ、わたしも、わたしも、あっ、晃さま、あああああああっ！　あ、晃さまぁっ！　く、ください、いっぱい、出して、出してぇっ！　くううっ！」

「ふふっ、まだまだだ！」

「あああああぁぁぁっっ！　ああああああああああああああっ！」

「まだ、まだ！　もっと、もっと俺を興奮させるんだ！」

「はあぁぁぁんんっっ！」

「…くっくっくっ。真奈美、ちはや、俺はまだイッてないぞ」

「……あ、晃様、はあ、はあ、はぁ」

「舐めろ……」

「おねえさん、あたしに舐めさせて……、あたし、なんでも言うこと聞くから」

「うう、そうだ、オマエは奴隷だ。丹念に舐めるんだ」

「奴隷……。奴隷になる。あたし、可愛い奴隷になる……」

「バカヤロウ……。オマエが奴隷になるんじゃない。俺がオマエを奴隷にしてやるんだ。オマエは俺の許しもなく、何かになったりできるような立場じゃないんだ！　わかったか？　わかったんだな！　もう……」

こうして、坂口は最後は狂ったように彼のモノをしゃぶり続けるちはやの口の中にタップリと、ご褒美をくれてやった。

第五話　皐月《さつき》・検査乳淫《けんさにゅういん》

片づけておいてって、この検査室かしら……。

坂口に命じられて、内科病棟のはずれにある検査室にやって来た折川皐月《おりかわさつき》は、特に片づけておかねばならないほど散らかっていない辺りの様子を不審に思いながら、奥のカーテンを開けた。

「きゃっ！　なっ！　なにをしてるんですか？　そんな格好で！」

まだ三十代前半くらいの男性患者が下半身をむき出しにして、そこで自分のペニスを握っていたからだ……。

「なにって、精液検査だよ。ザーメン出して来いって先生に言われてやってんだよ」

「あっ、そ、そうだったんですか。ご、ごめんなさい。わ、わたし、失礼します」

皐月はそんなものを見せられただけで、気が動転してしまい、慌てて、そこから出ていこうとした。もともと皐月には男にすぐに警戒心を抱いてしまうようなところがあった。

彼女は九十センチ以上もある巨乳の持ち主なのだ。それで、男たちの目がいつも、そのオッパイばかりに注がれている気がして、男と自然に接するのが苦手だった……。

「待ちなよ、看護婦さん」

「えっ」

「アンタの悲鳴で、せっかく勃《た》ってたのがしぼんじゃったよ。責任とってくれよ」

「そ、そんなこと……」

「俺は精液検査が必要だから、出ないと困るんだって。な、手伝ってくれよ」

「で、でも、わたしには関係ありません……」

「関係ないって、あんた看護婦だろ？　患者が困ってるんだ。助けてくれよぉ。俺のコレを握ってしごいてくれりゃいいんだ。なっ？　すぐ終わるからさ、頼むよ……」

「そ、そんなこと言われても、巧くできるかどうか……」

「できるかどうかやってみなくちゃわからねえじゃねえか。……なあ？」

皐月にだって、男がまだ新米看護婦といっていい自分の初々《ういうい》しさをからかおうとしているというのはわかった。でも、ただしごくだけなら、早く出させてしまえばいいと考えた。

それで、深く考えずに握ってやった。


「あ、あの、これでいいですか？」

「うーん、イマイチだなあ。ほら、勃ってないのわかるだろ？　もっとしっかり握ってさ、しごいてくれよ」

「はい……こ、こう、ですか」

「あいてっ！　いてえよ、握りつぶす気かよ！」

「あっ！　ご、ごめんなさいっ！」

「あー、いってえ。使いものになんなくなったらどうしてくれるんだよぉ」

「ごめんなさい。すいません！」

「ああ、どうしよう。俺もう二度と勃たねえかもしんねえなあ。アンタ、手ですんのが下手すぎるんだよ。こんなじゃぁ、俺だって痛くって勃つもんも勃たねえ。しごくの下手なんだったら、咥《くわ》えて、勃つかどうか試してくれよ」

男がそらぞらしく、いやらしい目で皐月の乳房を見つめながら言った。

「えっ……」

「ちゃんと勃つかどうかさ、ちょっと咥えてみてくんねえかな。なあ、どうすんだよぉ」

「……」

「ちょっとだけだからさ。俺が勃つかどうかわかりゃあいいんだ」

《山本先生、山本先生、至急小児科診察室までおいでください》

その時、館内放送が入った。皐月には直接関係のないものだったが、男は、その館内放送にこじつけて、皐月に咥えるように促した。……看護婦さんだって色々忙しいんだろ、いつ呼び出しがかかるかわからないくらい……、だったら早く咥えて、出させていって欲しいと……。

皐月はしかたなく、男のモノをしゃぶってやった。

「んっ、むぐ……。ぺちゃっ……」

「おっ、おおっ、いいねぇ。お手々は下手でもおしゃぶりはけっこううまいじゃないか」

「んむ……」

「はあ……、お、大きく、なってきました。よ、よかったですね。これで勃つことはわかったんだし、後はご自分で、してください……」

「おーっと。そうはいかねぇよ、最後まで責任とってもらわなくちゃ」

「責任って？　そんなもの、わたしにないじゃないですか？」

だが、男は皐月の頭を抑えて、自分のものを強引にグッと奥まで突っ込んできた。

「んんっ！　むぐぅっ！」

「ほら、……ちゃんとしゃぶってくれよ。俺、出さないと担当の先生に怒られるんだよ」

《根岸先生、根岸先生、事務長室までおいでください》

また、別の医者を呼び出す館内放送が入った。

「ん……むぐ、んんんっ！」

「ほらぁ、もっと吸ってくれよ。舌でぺろぺろしてさ。そしたら、出すから。俺、けっこう早漏だから。んっんむ。ん、はあっはあっ。おお、気持ちいいぜ、看護婦さん……。だいぶいいカンジになってきたよ」

けれども、言葉とはちがって、男はなかなか射精にまでこぎつけないようだった。

「お、お願いです。もう、もう、許してください」

「まだ出てねえよ」

「でも、わ、わたし、もう顎《あご》が苦しくて、もうだめっ！」

「しょうがねえな。じゃあ、そうだな、舐《な》めなくていいからさ。看護婦さん、そのでっかそうな胸でこすってくれよ。それなら苦しくないだろ」

さっきから男がいやらしく見つめていた皐月の胸が、やはり彼の好色な興味の対象になっていたのだろう。男は自分で皐月の胸をはだけさせた。

大きすぎるせいで、日本製のブラで気に入ったものがなかなかなく、皐月はいつも輸入物のブラをつけていた。

「スゲェ、スゴイ、看護婦さんみたいに立派なオッパイ、俺、見たことないよ。感激だなぁ。そんなオッパイをしてたら、男はみんな、パイずりをさせたがるだろ？」

「パイずりって、そっ、そんなことしたことありません」

「オッパイを寄せて、男のモノを挟んで、オ××コの代わりにオッパイの間で男を気持ちよくさせるんだ。それぐらい、看護婦さんだって、知ってるだろう。た、頼むよ。看護婦さん、へへへっ……、やってくれよ、看護婦さんだって、それくらいのテクニックは覚えておいたほうがいいぜ。やってくれよぅ」

「そ、そんなぁ」

口では抵抗したが、皐月はもう男の言いなりになるほかないと観念していた。

「はあ、はあ、んっ……」

皐月の乳房は、重くて、そのせいで肩が凝るほどだった。二つの乳房を両手で持ち上げると、そのほうがずっと楽になるので、デスクで仕事をしている時など、オッパイをデスクに乗せていたりする……。皐月はその大きなオッパイに男の勃起《ぼっき》しきったモノを挟んでやった。

「よぉし、そうだ……それでいいぜ、看護婦さん」

「こうですか。はあ、うん……」

「ああそうだ。もっと胸を寄せて、ぐっぐってしてくれ」

「は、はい。んっ、うん、うん、どうですか？」

「おっ、おっ、おお、いいねえ、そうそう、うまいよ看護婦さん。先っぽのところ、ちろっと舐めてくれ」

皐月はそれにも、素直に従った。

彼女も、ほかの新米看護婦同様、弘子の手引きで、すでに坂口にカラダを開発されていた。こんなことをされると、いくら男に接するのが苦手だといっても、やはり自分も興奮してしまう……。

「はい。んっ、ちゅぷっ。んっ、うん、うんっ」

「うっ！　はぁ、はぁ……　ああ、いいぜ、そうだっ、もっとだよ」

「はぁ、はぁ、んっ、ぴちゅっ、はぁ、はぁ……」

「おお、いいねえ、へへへへっ、た、たまんねなぁ……」

「うんっ、あ、ん、んっ、うん、うんっ、ぁぁ、はぁ……」

「ううっ、くぅっ、おおぉぉ……」

「うんっ、あの、いつまでやってれば……」

「あ？　も、もうちょっとだよ。ああ、いいぜ、いい感じだ。もっと早く動いてくれ」

皐月は男とセックスをしている時、腰を使うように、胸を上下させて、男のモノの先端を舐めた。

「はあんっ、ぴちゃっ、はぁ、はぁ、はぁ……」

「おおぉっ、ああっ、いいっ、おっ、そ、それだ、それ……」

「えっ、こ、こうですかっ、ぺちゃっ……」

「ぉぉぉっ、なんかこう、生あったかいマシュマロに包まれてるみてえだっ、ううぅぅ」

「うん、うんっ、はあ、はあっ、んっ、んっ、うん、うん……」

「おっおっおっ！おおっ、はあ、はあっ、そ、その調子だぜっ、はあはあ……」

「……うん……あ、あ……ん……ん……ん、ん……ぺろ……」

「か、看護婦さんっ、ぅぅぅ。で、出そうだっ！　はあっはあっ……。くう……おぉぉお
おおぉ！　うう！　ううっ！　くっ、で、出るっ、出るっ！」

「あっ、ああぁっ！　うっ、くっ、苦しい！　ごっ、ゴホゴホッ」

男が皐月の頭を押さえつけて、彼女の口の中に大量の精液をぶちまけたのだ。

「ふう……」

「ううっ、ひどい……」

「ああぁぁ、へへへへっ、よかったぜぇ、看護婦さん。……あ！」

「えっ？」

「やっべえよ、看護婦さん」

「……？　ど、どうした……んですか」

「看護婦さんがあんまり気持ちよくさしてくれるもんだからさ、俺もついザーメンを全部
看護婦さんの口の中に出しちまったよ。看護婦さんの唾液《だえき》と混じってちゃ、やっぱりダメ
だろう……。このコップに出して来いって先生にいわれてたのに。まいったなあ…」

「で、でも、それは、わたしのせいじゃ……」

「わかってるよぉ。でもさぁ？　なぁ、看護婦は患者の手助けするのが仕事だろう？　ちゃんとコップに出さないと先生に怒られるんだって。もう一回出しちまったから、今度こそ自分一人じゃ、興奮するのも難しい。なっ？　もう一回手伝ってくれよ。いいだろ？」

「えっ！　そっ、そんなぁ……」

だが、皐月はけっきょく、また患者の言いなりになってしまった……。

今度は、本番をするように、お互いに全裸になって、ベッドでからみあい、最後だけヘルス嬢のように、手でしごいて、射精させてやったのだ。

その患者は、これっきりじゃなく、時々、また同じようなことをさせて欲しいと言った。

一度味をしめれば、それっきりにできないのは当然だろう。

近いうちに、またこの患者にいろいろやらされるにちがいないと思いながら、皐月はようやく自分の仕事に戻った。

※　※　※

「……まったく、なんなんだ、これは。どうも様子がおかしいと思ったら、自分勝手にこんなものを入れていたとはな」

皐月は坂口の部屋に呼び出され、自分がその部分を刺激するためにつけていたローターを彼に見つけられて、また、弄《もてあそ》ばれようとしていた。

患者にパイずりさせられて以来、ここ数日、ちょっとエッチな気分になりやすくなって、弘子にもらったローターを勝手に使ってしまったのだ。

「あ、あのっ、でも」

「でも？　なんだ」

「先生と弘子先輩にこのローターの使い心地を覚え込まされてから、時々、どうしようもなくなっちゃって……」

「ふう。しょうがない奴だな」

「ご、ごめんなさい。いけないことだって、わかっているんですけれどっ。つい……」

「別に君の趣味に文句をつけるつもりはないさ。……だが、それがもとで手元がおろそかになってミスをされちゃ困るんだ。我々は人命を扱っているんだぞ？　まだ患者の世話をしなければならない時は、俺や弘子がいっしょの時じゃなくちゃ、使ってはダメだ」

「ご、ごめんなさい。でも、これをつけているのを患者さんに見つかったらと想像すると、それだけで興奮してきちゃって……」

「つまり、君は患者の命より自分の快楽が大事なのか？」

「あ、あの、いえ、そういうつもりじゃ……。今日はそんな大事なお仕事ありませんでしたから」

「口答えするな！」

《ナースの杉村さん、ナースの杉村さん。ジックスの武藤慶次様がお見えになっています。受付までお越しください》

ちょうど流れた館内放送を聞いて、弘子先輩がしょっちゅう坂口にローターをつけたまま仕事をさせられていることを思い浮かべた。

「きみにはお仕置きが必要だな。下着を脱いで下半身だけ裸になれ。スカートを捲《まく》り上げるんだ。さっさとやれ！」

「は、……はい」

皐月は診察室の白いパーティションの前で、坂口の指示に従った。

「あ、あの……これで、いいですか」

皐月はもじもじ、おどおどしながらオ××コを見せた。

「みっともない格好だな。オマエにはお似合いだよ、皐月。そこの診察台に横になれ」

「えっ……」

「そこに寝て脚を広げろと言ってるんだ！」

「は、はい」

坂口は抽出《ひきだ》しから、彼が当直の時に使っているらしいT字カミソリとスプレー式のシェービング・フォームを取り出した。電動シェーバーより、T字カミソリでヒゲを剃《そ》るほうが好きだったので、これはいつも彼の抽出しの中に入れてあった。

「くくくっ……」

「えっあっ！　せ、先生？　なっ、何を……」

こんな状況なのだ。わざわざ口に出して言われなくとも、坂口がなにをしようとしているかは、皐月にもすぐにわかった。

「お仕置きとして、下の毛を剃って、パイパンにしてやろうというのさ！」

じょりっと、坂口が一剃りしただけで、皐月は震えあがった。

「やめてぇ、つめたぃっ、あっ、ダメ！　やっ、やめてください！」

「おとなしくしてろ。でないと、大事なところがそげ落ちるぞ」

「ひっ、あ、いや、いやぁ、そんな、や、やめてくださあぁぁぃっ」

じょりっ……、じょりっじょりっ……。

「……あっ、いっいやあぁぁ……」

じょりっじょりっ……。

「いやあぁぁ……」

「ふっふっふっ……。何がいやぁだ。オマエだって、これまで何度も患者の下の毛を剃ってやったことがあるんだろう。男も女もな！」

「……うぅぅ……、せっ、先生。許して……。もう先生の許可なしにしませんから。

「気持ちよくなりたくて、許可をもらってでも、したいっていうのか？」

「そっそんな、意地悪なこと、おっしゃらないで」

「もうすぐだ……。これで、パイパンになって、パンティを穿《は》かないでいれば、ローターなんてつけないでも恥ずかしさを快感に変えることができるようになるはずだ」

「あああああぁぁぁぁぁっ。だ、だめぇぇぇ……」


「ふっふっふ。きれいになったなあ、皐月」

すっかり剃り上げられた皐月のオ××コは、ふっくらと触り心地も満点だった。

「ああ、いや、恥ずかしい……」

「まる見えだぞ」

「うっ、そ、そんな……」

「これで、舐めるときだって、抜けた毛が口のなかに入ったりしないから、たっぷり舐めて喜ばせてやれるしな……」

「うっうう……」

「オマエ、舐められるのが好きだろう……」

「あっ、あたし、ふつうがいいです」

「ふつうって、なんだ。ふつうは女はみんな舐められて喜ぶんだぜ！」

「ちっちがいます。あっ、あたしは……」

「心配するな。オマエも舐められて感じる、ふつうの女に俺がしてやるから！　ん？　なんだ、オマエ、もう濡《ぬ》れてきてるのか」

「えっ！　そ、そんな、わたし、そんなこと、あっ！」

「そうか？　どら、見せてみろ」

「ひっ！　あ、くぅっ！」

「どら、中はどうなってるかな？」

「あふっ、んっ、だ、だめぇ、あぁぁ……」

「なんだ、中までグチョグチョじゃないか、オマエ」

本当に皐月のオ××コは、もうぐっしょりと濡れていた。

坂口はもう皐月を嬲《なぶ》り放題にできた。

「はあ、はあ、い、いや、そんな、んっ、あ、だめ、く、わ、わたし……、はぁぁ……」

「どうした」

「はあ、あっ、んんんっ！　い、いや、そこ、だ、め、……あっ」

「……はあ、はあ、ん……」

「毛を剃られただけで興奮するとは、とんだ淫乱女《いんらんおんな》だな」

「……はあはあ、せんせい、く、んん……。はあ、はあ……、ああ、せ、先生……、わ、わたし、んっ」

「どうした、皐月。顔が真っ赤だぞ」

「せ、先生があぁ、んっ、はあ……」

「ん？　俺がどうかしたか」

「先生が、そ、そんな、そんなところ、弄《いじ》るから……」

「だからどうした」

「お、……お願い……。う、疼《うず》いて、たまらないんです……。んっ……」

「く、ください……。先生、……わたし……」

「くっくっく……。相変わらずだな。皐月……」

「はああぁぁ……。じんじんするんです。……入れて……。中に、ああ、ほしいんです、先生ぇ、んはあぁぁ……」

「素直だな。いいだろう」

「はあ、はあ、ああ、先生、んっ、ああ、お願い、早くぅぅ。くぅん……」

「そらっ、入れてやるぞ、皐月」


坂口が剃ったばかりの、幼児のような皐月の肉の裂け目を貫いた。

「んんっ、あっあああぁぁぁっっ！　あ、入ってくぅ、あああああっ！　もっと、もっと奥まで入れて……。はあぁぁぁっ、あああっ、いっぱい、ああ、わたし、くぅんっ！　あふっ、ああっ、あっ！」

「うっ。ふっふっ。こんなに濡らしやがって」

「ああぁっ！　すご、すごい……。あっ、せ、先生、お願い……、オ、オッパイ……、わ、わたしのオッパイ……、いじめて、弄って……。ああっ、あっ、あっ、あっ！」

かつては大きすぎるオッパイで悩んでいたことがあるというのが嘘のように、近頃の皐月はオッパイで感じるようになっていたのだ。

「ふっ、淫乱な女だ。こうか」

坂口が、乳首を撫で回した。

「もっと乱暴に吸ったり、噛んだりしてくださってもいいです……」

「ハハハハハハッ。こいつはいい。巨乳に生まれてよかったな。これからは、オマエがして欲しいことをしたがる男には、きっとことかかなくなるぞ！」

「はあぁぁんっっ！　あ、そこ、気持ちいい……。す、すご……。あっ！　はぁぁんっ！　ああっ、あっ、うぐっ……。いっ、いやっ！　すごい、たったまんないっっ！」

坂口は乳首だけでなく、当然、下にも手をのばした。

「はあ、はあ、くあぁぁぁ。あ、あ、あっ。ああぁぁぁ……。うう、ん、ん、んん。かはぁぁぁぁぁ！」

「どうだ。こうか皐月！　クリトリスが前よりずっと見えやすくなった……。オッパイも感じるようになってよかったが、これをグリグリされるとたまんないだろう？　これだ、これをこうすると、もっとよくなるんだ！」

「はぁっ！　あっ、はあぁぁぁんっっ！　せ、先生、先生っっ！　すごい、ずんずん、あああぁぁぁっ！　ああああ！　ぁぁ、ぁぁぁ響いて、ああっ、わ、わたし……、変になっちゃうっ……。うう、んん。あああああっ！」

「もっとよがれ、皐月」

「んああ、あ、あ、あぁぁぁ、壊れちゃう、はあ、はあ……。すごい、だ、だめっ。あああぁぁぁっっ！」

「壊れてしまえ、壊れろ！」

「はあぁぁんっっ！　ああっ、す、すごい、あっ、先生、おっき……あっ、くうぅっ！

あっ、あっ、あっ、あっ、あぁぁぁぁぁぁ！」

「もっと、もっとだ、もっともっと、よがれぇ、こうだ、ほら！」

「あああああ！　だ、だめ、死んじゃう、死んじゃうっ！　……い、いいっ、いいのっ
うぅ……、はあはあ……、だめっ。あああああっ！　もう、もう、だめっ！　先生っ、
わ、わたし、いっちゃうぅぅぅっっ！」

坂口はいかせてやった。何度も何度も、数え切れないほど、何度も達して、もう充分だから許して欲しいという皐月を、簡単には射精せずに、嬲り抜いてから、精を放った。

坂口はことを終えた後、皐月に新たに抽出しから出したパンティを放り投げた。

「……えっ？　なっ、なんですか、これっ？」

「パイパン用のパンティだ。穿《は》いてみろ」

「えっ、ええっ？　せ、先生、これ……」

それは、完全に女のその部分だけ穴をあけた、特殊なパンティだった。

「はっ、はい……。おっしゃる通りにしますが、これじゃ、ぜんぜん、下着の役には……」

「オマエにぴったりだろう。パイパンがよーく見える。患者を楽しませることもお前自身刺激を楽しむこともできる。それに、そんなところに穴があいていたら、もうローターも

入れてはおけないだろう」

坂口に従わされて、翌日から皐月は毎日、これに類したパンティを穿かせられるようになった……。

下の毛を、いつもきれいに自分で剃っておくようにも命じられた。

皐月は、近頃、週刊誌や新聞の広告などで、エステや脱毛に関するものをよく見るようになった。だが、脇毛や臑の毛なら、完全脱毛しようとする女がいるだろうが、アソコの毛を完全脱毛してもらいにいくなんて、ちょっと考えられない。

それで、毎日、自分で手入れするようになった。次は坂口にどんなことを要求されるのか、もう想像することさえできなかった。

第六話　佳織《かおり》・撮嬢会議《さつじょうかいぎ》

その日の坂口は、深山佳織《みやまかおり》に仕事後、久しぶりにビデオ設備のある研修ルームにやって来るよう命じていた。この部屋は病棟から、少し離れている。防音設備も他の部屋より勝っているから、少々大声を上げても誰にも気づかれない。思いきり女を辱めるには絶好の場所といって、よかった。

佳織は、坂口が失脚させた、前の副院長、深山総一郎の娘だ。しかし、坂口に弱みを握られ、彼の手に落ちて、父が失脚後もまだ研修医として、この病院で働いていた。


「遅かったな、佳織」

「カルテの整理が残っていたんです」

「そんなものはあとでもできるだろう。俺が呼び出した時には俺の命令を最優先しろ」

坂口は、もともとプライドの高い佳織を、他の看護婦の手駒《てごま》同様に思い通りに扱う時、特別な快感を覚える……。

それでも、佳織は自分のこれまでのプライドを捨てられないのか、時々、坂口に生意気な口のきき方をした。

「そんな……、いいでしょう、あなたの勝手な呼び出しに応じたんだから。……そこまで言いなりになる筋合いはないわ」

「なんだと……」

「あっ……」

坂口が凶暴な視線を向けただけで、佳織は身構えるようにカラダを固くした。

「ほう、そうか……。俺にそういう口をきくか、……佳織」

「あっ、な、なんですか……」

「まだ自分の立場がわからないらしいな」

「自分の立場って！　どういうこと？」

「確かにオマエのオヤジは医療ミスを公表されて、もう失脚した。だが、俺はまだあのビデオテープを握って、公表しないでおいてやっている」

「………」

「あれは単なるチャイルド・ポルノとはわけがちがう。オマエのオヤジが実の娘、つまり子供だったオマエを相手に、醜い近親相姦《きんしんそうかん》願望を遂げようとしているところをバッチリ撮ったものだろう！　……どうしている……、オマエのオヤジは近頃？」

「ただぼんやり、家でおとなしくしています」

佳織が遠くを見るような目で、坂口から視線をそらせた。

「だろうな。そうしている限りは、とにかく医療ミスについての賠償さえちゃんとしていれば、生きてはいられるからな……」

「なっ、なにが言いたいの！」

「わかっているだろう。あのビデオを公表すれば、オマエのオヤジは単なる医療ミスを犯した医者というだけではすまなくなる。その証拠を俺が握っているからこそ、おとなしくしているんだ。ロリコンで近親相姦、これ以上おぞましい異常者は、そうざらにはいない。週刊誌にでも情報を売りつけてやれば、俺も一儲《ひともう》けできるかもしれないんだがな……。オマエは、オマエのお父さまだけじゃなく、オマエ自身もスキャンダルまみれになってもいいのか？　きっと、どこを歩いていても、エッチな男たちに目で犯されていなきゃならないような生活になるぞ！　世間は、こういう話が大好きだ。週刊誌だけでなく、テレビのワイドショーなんかも、ハイエナみたいに飛びついてくるぞ」

「そっ、そんなぁ」

「なんだ？」

「うっ！　そ、それは……。そんな……。ううぅぅ。………や、やめてください。な、なんでも……言うことを聞きますから……」

「当然だろう。だったら、俺の命令には逆らうな！」

　上司の深山がロリコンの近親相姦、部下の柳原がマザコンの処女崇拝、まったく二人は俺の政敵としては、いいコンビだった……。

そう思って、坂口は笑みを漏らした。

こういう彼らの異常性癖をすべて握ることができたのは、普段から看護婦をはじめ、この病院の女どもを何人も手懐《てなず》けていたからだった。坂口は情報提供者の数で、彼らに勝ったといってもよかった……。

しかも、深山も柳原も、それぞれ娘の佳織と妻の理恵という、セックス奴隷として申し分ない女を俺にプレゼントしてくれたのだ。


佳織は黙って、悄然《しょうぜん》と俯《うつむ》いた。

「ようやくわかったようだな。じゃあ、服を脱いでもらおうか」

「え？　こっ、ここでですか？」

「当たり前だろう。心配するな。カギも中からかけた。オマエがよっぽど大声でよがらないかぎりは、誰にも気付かれないいさ」

「ひっ、ひどい！」

「俺にさからおうとした罰だよ。脱いで俺の目の前にアソコを大きく広げて見せろ！」

「そんなこと………」

「早くしろ！」

「くっ……。わかりました」

「くくっ……、そこに仰向けになれ。脚を大きく広げるんだ」

「はい……」

佳織はデスクの上に仰向けになり、淫らに脚を広げて見せた。


「これで、いいですか」

「見えんな。股《また》を開いて、指で広げて見せるんだ、……ちゃんとな」

「うっ……、こう、ですか」

「くく……、まあ、そんなところかな。よし、佳織。オナニーショーを見せてもらおう」

「ええっ！　なっ、なにを、バカなことを！」

「何か言ったか。佳織、いいから言うことを聞け！」

「うっ。わ、わかりました。やります。やればいいんでしょう！」

「そうさ。やればいいんだよ」

坂口の笑みはますます彼の残忍さを強く感じさせるものになっていた。


「えっ！　な、なにを持っているの？」

「ん？　これか？　ビデオカメラじゃないものに見えるのか？」

「なっ！」

「この間撮らせてもらったビデオの出来がイマイチでな。」

坂口は前回佳織を犯した時も、途中から小型のビデオカメラを持ち出して、彼女の悶《もだ》える姿を撮っていたのだ。

「ハハハハハッ、俺も近頃オマエのお父さんの趣味が感染してしまったのかもしれないな。この病院には人間を淫蕩《いんとう》にする病原菌がいるという話だ」

「いや！　やめて……。狂ってる。病原菌はあなたよ」

「ハハハッ、それもそうだが、オマエのお父さんだって、そうだったんだろう。さあ、はじめろ。オマエが悶える姿を、たっぷり拝ませてもらおうか」

「うっ……」

佳織は、声にならないうめき声をあげた。

……もう狂うしかなかった。先に、早く狂ってしまったほうが、この異常な空気に慣れることができる。そのほうが楽になれる……。

佳織はすでに坂口に嬲《なぶ》られるたびに、そう考えるようになっていた。

「うう……、んん……」

「そうだ、綺麗《きれい》だ、佳織……」

「はあ、んんん、ああ」

「はぁん、はぁぁ……、はあ、あぁ」

「どうだ、だいぶ気分が出てきたか」

「くんっ、ああ……、はあ、あ、ふ……」

「ほら、そこをもっと指で押しつぶすようにして。感じるところだろう？」

坂口は、直接彼女を見るのではなく、手元の小さなモニターに映し出された映像を眺めながら、佳織に指示を出し続けていた。


「あ……、あうっ！　んっ、はっ、ああ……、あんくっ、はっ、はあ、ああっ！」

「いいぞ、もっとだ」

「うっんっ、はあ、あああうっ、くあぁぁぁぁ、ああっ！　ん、ん、あ、はあ、はあ」

「指ぐらい入れてみせろ、サービス精神のない奴だな。オマエは、ただ中よりクリトリスのほうが感じるから、そこばかり触ってているんだろう……。でも、それじゃ、オ××コの中が見えない！」

「あっ、うっ、んくっ、はぁぁっ、あああっ、いや、そんなっ、んっ！」

「やれと言ってるんだ！　指をつっこんで、中をかき回して見せろ」

「ううっ、んんっ、ひどい……」

「はやくしろ」

佳織はしかたなく指を入れた。

「うっ……、ううっ、うあああ……」

「ほぉ？　やっぱりオマエもどれだけお勉強ができても、牝であることには変わりがないんだなぁ。クリちゃんだけじゃなく、中もいいのか？　中をそんなふうにかき回すのが大好きなのか？　ずいぶんイイ顔をするじゃないか」

「うっ、くっ、はあ、ああんん……」

「もう一本入れてみろ。大きく出し入れするんだ」

「はあ、あぁぁぁぁ、くっ！　はあっ！　あっ、だめっ、んっ、ああっ、わ、わたしっ、くっ」

「くくく……。どうだ、イイのか、佳織」

「はふっ、んっ、ああぁぁぁっ、だ、だめっ、くっ、そんなっ、ああぁぁぁぁ……」

「よっぽどイイらしいな。……ん？　アソコから汁がだらだら流れてきたぞ」

「いやあ……、んっつ、はあ、はあっ、あああ、だ、だめ……」

「ふふふっ、もっとよがれよ、佳織。ちゃんと声を出せ」

「あ、あああああぁぁぁぁ……、ああ、だめ……、わ、わたし……、あぁぁっ、こ、こんな……、あああああっ！」

「だいぶいい絵が撮れたぞ。佳織。くくくっ。これなら、オマエ、ストリッパーになってオナニー・ショーをやっても食っていけるぞ！　あのお父さまのビデオを公表して、さんざんマスコミに取り上げてもらってから、オナニー・ショーを商売にすればいいんだ。こんなとこで研修医をやってるより、金になるぞ！」

「そんなぁ、そんな、意地悪言わないで！　何でも、何でもしますから」


坂口は色々な角度から、佳織を撮り続けた。

「……んん……はあ、はあ、はあ、……あ、ん……」

「ちょっと待て、佳織。俺一人でビデオの映像を楽しんでいたんじゃ、オマエに悪いからな。幸い、ここは大きいモニターもある。今繋いでやる。オマエも、自分のオナニーショーを楽しめるようにな」

「いやあ……」

「自分のグチョグチョの、感じまくって、ぱっくり口を開けているオ××コを大画面で見せてもらえるシアワセな女なんて、滅多にいないぞ！」

「いやぁ……、いやぁ……、いいです、そんなもの、見なくていいです、わたし、楽しめません。んっっ、はあ、はあっ、あああ、だ、だめ……」

「そんなものってことはないだろう。可哀想に、女に不自由して、それに恋いこがれて、オナニーばかりしている男だっているんだぜ！」

「あああああっ、だ、だめっ！　だめぇ……」

「いやっ、楽しめるさ、オマエのようなルックスのいい女はみんなナルシストだ。見られることも、自分を見ることも大好きなはずだ」

　こうして坂口は佳織を言葉で嬲りながら、大きなモニターに、どんなプロの撮った裏ビデオにも負けない、卑猥《ひわい》な映像を映し出した。彼は一台のカメラをもっとも猥褻《わいせつ》な画像が撮れる位置に固定して、もう一台の小型カメラを手に持って、言った。

「そろそろ、仕上げと行こうか……」


「そら！」

　手にしたカメラで佳織の表情を捉《とら》えながら、坂口は怒張したペニスを突き立てた。

「あふっ！　ああっ、は、くぅっ！　あああ！」

「どうした。ここが好きだろう、オマエは」

「あああぁっっ！　だ、だめ、そこは、くっ、あふっ、んんんん！　あっあっ、そ、そんなに、だめ、……あああぁっっ！」

「そうか、そんなにイイか」

「いやぁぁあああっ！」

「んんんっ。これで奥まで入ったぞ。モニターを見てみろよ。オマエのオ××コが俺のモノを喰《く》わえて、汁を垂らしているぞ！」

「ひっ！　あっ、だめっ！　んんっ！　あああっ、そ、そんなっ！　あっ、あっ、あっ、んんっ！　あああぁぁぁぁ！　だ、だめ、わ、わたし……、あふっ、んっ！　はあ、はあああぁっ！」

「見ろ！　目を離すんじゃない！」

坂口が佳織の髪の毛を掴んで、彼女の顔をモニターに向けた。

「目を閉じるんじゃないぞ。どうだ。エッチなオ××コだろう。クチュクチュ音まで立てて……」

次第に佳織も坂口のペースにのせられ始めていた。

「どうした。カメラの前の本番はそんなに感じるか？」

「あっ、あっ、ああっ！　はあっ！　だ、だめっ！　はあ、はあ、こ、こんなっ！　だめぇぇ……、いや、いやっ！　おかしくっ！　なっちゃう、あああぁぁっ！」

「そら。これが感じるかっ！　そら、そら」

坂口が佳織を絶頂に追い上げる。

「あああぁぁっっ！　そ、それ、だめっ！　ああああああ、と、溶けちゃう！」

「さんざん指でいじったから、ぐしょぐしょになってるぞ」

「ひっ！　あぁぁっ！　いや、だめぇっ！　ああっ！　あっ、あ、あ、あああっっ！　いやっ、いやあっ！　いわないで……、ああっ、そんなっ！　あっ！　はっ、はふぅっ、あああああっっ！」

佳織のその部分が坂口のモノをぐいぐい締めつけて来た。

「なかなかいい締めつけだ、佳織。もっと締めろ」

「あっ、ああっ！　だめ、お願い、う、う、うう、だめ、わたしっ！　あっ、だめぇ、いやっ！　ああああっ！」

「感じるんだろう。そうだな？　佳織。いい顔だ。いい顔してるぞ。今、オマエ」

そう言って、坂口がビデオ・カメラを佳織の顔に向けた。

「あああっっ！　い、いやっ！　こんな顔撮らないでぇ。晃さん、恥ずかしいところ撮っちゃダメェ。あああっ！　はあ、はあっ！　ああっ、だ、だめ、許してっ！　ああっああぁぁ！」

「どうだ、いいんだろう？　違うのか？　感じるんだろう。おら、おら。俺はカメラでな、オマエが感じまくっている顔をまず撮って、そのまま汗まみれの胸へ、繋がってる部分へ繋げて撮っている。それを繰り返してるんだ。こうやって撮ったら、オマエがどんなふうに突っ込まれながらよがっているのか、ごまかしなしで撮っているのが誰にだってわかるだろう。オマエはこれを見たやつに、どんな言い逃れもできないんだ。自分がどんなにスケベなことをされて、よがりまくる女か！」

「ひ、……あっ、だめ……、お願い、ああ、……ん……、い、いい……、いいのぉ……、はあ、はあ……、あああああっ！　か、感じる、それ……、感じるうう、うあああああぁぁぁ！」

「ふふっ……、ようやく感じているのを認めたな…。よし、スパートだ！」

坂口は腰をぐいぐい使って、抉《えぐ》るように佳織を犯していた。

佳織のいちばん奥深くに精を放つために……。

「あっ、あっ、あっ、……ああああ……。だ、だめ……、わたし……、うああ、わたし、もう、もうだめぇっ！」

「ふん、ふん、いけ、いけ、いくんだ、佳織、……それ！」

「い、いっちゃう、あああっ、いっちゃうっっ！　あ、ああぁ、飛んじゃう、飛んじゃううう、あああああっっ！　あああああ、いやっ、……ん、ん、ん、……いやあぁっ、だめっ、いいのっ、いいいぃぃぃぃいっっ！」

「うっ。出すぞ。くう。ほら、いけ、佳織！」

「あ、あ、あ、……はあああっぁぁぁぁっっ！　だめ、……んん……、だめえっ、いっちゃうぅぅぅぅぅぅうっっ！　ああああああああああぁぁぁぁぁっっっっっっ！」

ビデオカメラは、その佳織の本気の絶頂をすべて捉えていた。濡《ぬ》れ光った粘膜の輝きや、よがり声、男の太いモノの出し入れに敏感に反応して応える卑猥なオ××コの音まで……。

坂口は、そのことに満足し、ようやくカメラのスイッチを切った。

※　※　※

あんなふうに佳織をビデオで辱める行為を続けて、もうかなりになる。この頃は、佳織もすっかりそのことに慣れて、多少マンネリぎみというところか。

それで、坂口は偶《たま》には佳織と普段行かない場所に行ってみようかと思い立った。その週末は天候にも恵まれるようなので、比較的首都圏から近い湖畔のホテルに泊まることにしたのである。明日香とレストランで楽しんだように、佳織も環境が変わると、また別の一面をみせるかもしれないという期待があった……。

「うふふふ……。でもほんと、気持ちいいわあ」

「そうだね……。偶にはこういう場所も、いいもんだね」

二人は湖にボートを浮かべて自然の空気を満喫していた。そんな環境のせいか、坂口もいつになく、優しげな態度を見せていた。

「わたし、何年ぶりだろ。……湖なんか、父に小さい頃連れてきてもらっただけだから」

「君と一緒に休みを取って、偶には大自然に身を委ねるというのも必要なのかもしれないな……」

「ほんと、そうですね……」

「佳織、大自然に抱かれるのと僕に抱かれるのとどっちが気持ちいい？」

「えっ、うふふふ　……いやだわ、晃さんったら」

あのプライドの高かった佳織が、いつのまにか、こんなになるとは坂口も想像していなかった。

「おかしいかな？」

「おかしいですよ、そんな……。ふふふふっ」

「…………」

「……あっ、いえ、……自然と晃さんは比べられません」

「……僕は、佳織を抱いているほうがいい……」

「えっ！　あっ、晃さん」

坂口は不意に佳織をまたいたぶりたくなったのだ。彼の表情が急変したのを佳織も気づいたのだろう。

彼は性急にまず佳織に粘っこいキスをした。感じやすい乳首も摘んで刺激してやった。

それだけで、佳織はすぐにもうトロンとした目つきになっていた。


「佳織。咥《くわ》えてくれ」

坂口が自分のモノを出した。

湖には近くに他の船もボートもなかった。人目を気にする必要がなかったわけだ。

「あっ、あの……」

「どうした。どうせ誰も見ちゃいない」

「でっ、でも」

「ほら、やってくれ」


坂口が佳織の顔を自分のモノに引き寄せた。

「んっ、んむ。ん、……ぴちゃ」

佳織も自然のいい空気のせいで、素直に坂口に従う気になっていたのかもしれない。

「んむ……。いいぞ佳織」

「はあ、んっ、んっ、んっ、んっ」

「ずいぶんと巧くなったものだな」

「そうですか」

「そこを舌先で丁寧に舐《な》めろ」

「は、はい、ん、ん……、んっ、ちゅぷっ……」

「ふう……。これ日の下でフェラチオをされるというのはいいものだな」

たしかに陽射しが心地よかった。

「んあ、そんな恥ずかしい…、ん、ん、んむ……、ん、んん、んん、はあ、ぺろ、あ、んん、ん……」

「そうだ。続けろ」

「……んむ、んん……、はあ、……ちゅる……、はあ、んん……、……んんん……んむ、う、んん、ん、ん……」

「もっとだ。いいぞ佳織」

「は、はい。ん、んん、はむ、ちゅぱ、ちゅぱ、ちゅう」

「だいぶ気分を出してきたな。オマエも感じてきたんじゃないのか。じゃ、このボートの上でやろう。ボートに揺られながらセックスするのもいいものかもしれないぞ」

もちろん、坂口は、初めから、そうするつもりだったのだ。

「そ、そんな……わ、わたしは……」

「ふふ」

「あっ！　んんっ！」

坂口にオッパイをむき出しにされて、ちゅうちゅう吸われ、佳織が甘い声をあげた。

「乳首が勃《た》ってるな、佳織、コロンコロンに膨らみきって……」

「あぁっ……」

「どうだ、佳織、欲しいか？」

「……はあ、はあ、あ、は、はい……」

「くくっ……思ったとおりだ。もうぐっしょりじゃないか」

坂口が佳織の下半身に手を突っ込んで、満足そうに言った。

「そら」

誰も見ていない湖のボートの上。

二人は半分裸になって、痴態の限りを尽くしていた。様々な体位でお互いの性器を結合し、楽しんでいたのだ。

波に揺られている浮遊感が、非日常的な酩酊《めいてい》状態を二人にもたらしていた。

「あぁぁっっ！　ああああ、うぅぅぅ、ああぁぁぁぁ」

「おっ、ずいぶん感じてるじゃないか。いい締まりだ」

「締めるつもりがなくても、勝手に締まっちゃうの！」

「……うん、なんか、いつもとちがうな！」

「あああぁぁっ、んんっ！　あ、はああっっ！」

「……外でこうするのもいいもんだろ？」

「えぇ、まぁ……。はあぁっ！　はっ、あっ、あっあっ、だ、だめ、あっ！　はあぁん
っ！」

「そら、こうか」

「ああっ、だめ、あっ、……か、感じちゃう、あああぁっっ！」

「くくく。そうか、いいか、佳織！」

「だ、だめ、あっ、いや、こんなところで、激しすぎるわ！　ああっ、あああああ！」

「はあ、はあ……、俺も、俺も自分の興奮を押さえられない！」

「……はあっ、あ、す、すごい、だめ、わたし、ああっ、あっうぅんっっ！　あっ、あっ、
くっ、ああああぁぁっっ！」

「どうだ、こうか……、これがいいか」

「あっ、晃さん……、ああっ、はっ、んっ、く……、あっ、う、ああああああっ！」

「いやあぁぁぁぁ。だ、だめ、そこ、いや、ひあぁぁっっ！　あっ、あっ、あっ、くんぅぅっ！」

「う、そうだ、いいぞ佳織、もっとよがれ」

「はああぁっっ！　ああっ、すごい、だめ、わたし、ああっ！　い、いい……」

そして、絶頂にのぼりつめそうになった佳織が仰《の》け反った瞬間だった。

ざっぱぁぁぁぁぁぁんっっ！

二人のあまりの激しい動きにボートが転覆してしまったのだ。

「げほっ、ごほっ、ぶわっ！」

と佳織が浮かび上がって、噎《む》せた。

「ぜい、ぜい……、ちょ、ちょっと……、派手に動きす

ぎたな。た、偶には湖に落ちてみるのも……、はあ、悪くないか……」

と坂口が笑った。

「……ふう、……そ、そうですね……」

佳織はそう答えたが、達しそこねたのが不満だったのか、ボートが転覆したので、お気に入りのブランド物のバッグまで水に浸かってしまったことに気付いたせいか、ややご機嫌斜めのようだった。

まぁ、バッグぐらいは買ってやってもいい……。

でも、とりあえず、今夜はホテルでたっぷりと、何度も可愛がってやらねばなるまいと坂口は思った。

エピローグ

ある休日の深夜、坂口は自分のマンションに、理恵、佳織、弘子、真奈美を呼び寄せた。婚約者の明日香は別にして、目下のところ、自分にもっとも従順に従う女たちを一堂に集めたわけだ。

3Pなら、何度も経験があるが、四人の女たちに対して暴君として振る舞い、さらに過激に楽しもうと思ったからだ。すでに弘子と真奈美が全裸になって、二人で坂口のモノを奪い合いながら、しゃぶっていた。

「いいぞ、二人とも。美味《うま》いか？　そうだ、もっと丹念に舐《な》めろ」

坂口は自分のモノに力が満ちてくるのを感じながら、言った。

「……ぺちゃっ、晃さま、ステキ。わたしのほうが弘子ちゃんよりずっと上手じゃありません。わたし、晃さまの奴隷として、だれにも負けたくないんです。あむ……、んっ」

と真奈美。

弘子は余計なことは口にしないが、やはりこの異常な状況に巻き込まれて、興奮しきって、いつになく熱心に坂口を喜ばそうとしていた……。

「はふっ……、あむ……、んっ、ん……」

その弘子のしゃぶり方もわるくなかった。

「うっ、その調子だ。弘子もなかなかいいぞ。もっとだ、もっと俺のモノをそそり勃《た》たせるんだ。向こうで素っ裸になって、股《また》を広げて、オ××コをグチョグチョにして待っている理恵が、俺が突っ込んだ瞬間にイッってしまうぐらいな」

マゾっ気の強い理恵には、真奈美と弘子が十分に奉仕して、坂口のモノをこれ以上ないほど勃たせたら、最初にオマエに入れてやると告げていた。

「……あああぁ、晃さま。ううっ、んん、理恵は、理恵はガマンしてます。待ってます、晃さまが、晃さまが早くわたしのところに来てくださるのを……。あああっ、見てるだけで変になりそうです。……理恵を見てください。ほら、こんなに濡《ぬ》らして、お待ちしてます。あああぁぁ、晃さまぁ……、はやくう……、ううっ。……くう、んん、はあああぁぁ」

「ふふっ……。そろそろいいだろう。二人とも手伝え」

坂口が弘子と真奈美に、理恵をもっともっと感じさせるべく、彼女に対する愛撫《あいぶ》に加わるように命じた。

「……理恵、……待たせたな……」

「……ああ、晃さまぁ……」

血管が浮き出した坂口の怒張しきったイチモツが貫いた時、理恵が絶叫した。弘子と真奈美に全身を舐め回されながら……。

「あっ、ああぁぁ……、うぅっ……」

「どうした理恵。もっと腰を使え！」

命ずるまでもなく、理恵は淫らな腰使いに夢中になっていた。

「うあぁぁぁん、ん、ん、あぁんっ！」

それでも、坂口はさらに理恵に命じる。

「もっと、もっと、感じたいんだろ？　なら、これ以上できないってほど、激しく自分で動け！」

「あっあっ、うん、うん、うう……。うあぁぁぁぁ……」

「弘子、真奈美。もっと、いろんなところを舐め回してやれ。女のオマエたちのほうが、女がよわいところをよく知っているだろう」

「そ、そんな……。ああぁっ！　もう全身、どこをどうされても感じちゃいます。感じちゃうんです。オッパイやアソコじゃなくて、背中でも、脇腹でも、足の指でも……。あんっ、くっ、ん、はっ、はっ、うぅんっ」

「くっくっく……、ほら、どうだ！」

「……うふふ、弘子ちゃん、理恵さんのオッパイ、柔らかいわぁ……。ちゅ！」

真奈美は理恵の言うままに、彼女の全身を舐め回していたが、やはり女から見てもカタチのいい理恵の乳房に惹きつけられるように、乳首にキスを繰り返した。

理恵の乳首は乳輪ごと色づいて、大きく突起していた。

弘子も理恵のもう一方の乳首を吸った。

「あああっ……。いや、……あっ！　あっあっ。くっうぅ。オッパイ、両方いっぺんに二人に吸われるのって、すごい！」

「くく……。ずいぶん激しいじゃないか！」

「あぁ、理恵さんのアソコからいやらしい音が出てますよ、……ほら。やっぱり、晃さまのが立派で、そこで感じてるから、ほかのところに何をされても感じるんですよ！」

弘子が言った。

弘子は、いつもはあまりこうした口のきき方をしないのに……。

たしかに、理恵のその部分のクチュクチュ、グチョグチョ、ピチャピチャいう音がいやらしく響いていた。

「ああ、いや……、恥ずかしい、おっしゃらないで。あっ！　あああっ、んっ、だ、だめ、ああ、わ、わたくし、こ、こんな、こんな淫《みだ》らな……、はあぁっ！」

「中がひくひくしてるぞ、……理恵。相当感じてるんだろう」

「そ、そんな……、あああぁぁっ！　だ、だめっ！　いやっ、そんなに……。あああっ、そんなにされたら、わたくし、ひぁぁぁぁぁっっ！　あひっ、ぎっ、ひいいいっ！　だ、だめええっ！　ああああっっ！」

「なにがだめだ？　それ、それ」

「ひいいいっっ！　ああっ、いっいや、だめ、あぁぁぁ、感じすぎて、苦しい、はあ、はあ……、うあああぁぁぁぁ」

「そら！　そら！　……いってしまえ！」

「あぁぁ……。苦しい。あ、あ、ん、ん、いっちゃうぅ……。ああっ、晃さま、だめ、死んじゃう。はあ、はあ。ああっ、いくう、あっっ！　ああああぁぁぁぁぁぁっっっっ！」


理恵は簡単にイッってしまってグッタリしてしまったが、坂口はまだ射精したわけではなかった。で、今度はバックから真奈美を犯した。

「ふああぁっ！　ああっ、あっ、晃さま……。ああっっ！　い、いい、いいのぉっ！　もっと、あっ、もっとぅもっとおおぉぉ……。あぁぁぁっ！」

「くくく、すごい乱れようだな。真奈美も」

坂口は、ふと、その真奈美の乱れ方をベッドの上で見ていた佳織に目をやった。

「んっ、弘子。佳織を舐めてやれ。佳織もガマンできなくなっているみたいだからな」

「はい、晃さま……」

「んっ、ちゅぷっ、ぴちゃっ……」

弘子が佳織のオ××コを舐めしゃぶった。自分がどうされたらいちばん感じるか、そのとおりのことを佳織にしてやったのだ。

「いや！　そ、そんな。あぁっ！　うう、んん、ひ、弘子さん、だめ、あぁぁぁ！」

「くくっ、佳織、オマエも、ずいぶん気持ち良さそうじゃないか。もう少し待ってろ」

そう言いながら、坂口は真奈美に対する腰の動きを激しく速めた。

「あああっ、晃さまっ！　すっすごい！」

「当たり前だ！　俺のがどんなに凄いか、知っているから、オマエたちはみんな、俺から離れられないんだろう」

「はあ、はあ、ん、ん、ん、あああっだめ、いいっっ！　あっ、あっ、あっ、ああぁぁぁぁぁぁぁぁ！　があああぁぁぁぁ！　あ、あ、あ、すごい、ん、はあ、はあ、ああぁぁ！　死んじゃうぅっ！　ひっ、あああぁぁぁぁっ！」

真奈美も絶叫して達した。

だが、真奈美をイカせても、坂口はまだ先走り汁でさえ漏らしてはいなかった。

「んっ、ん、晃さまぁ、こっちの佳織さんも、いっぱい、おつゆが出て来てますよ。んっ、んん、ぺちゃっ……」

「いやああっっ！　あぁぁぁ、だ、だめっ、そこっ、あぁぁぁぁぁっっ！」

「じゅるじゅるっ。くちゅ、ぴちゃ……」

「だ、だめぇぇっっ！　いっいやっ、お、お願い、許してっっ！　あああああっっ、だめっ、かっ、感じすぎちゃう！」

「弘子。佳織をイカせるなよ。じらして悶《もだ》え狂わせろ」

「はい、晃さま……。んっ、じゅぷっ。んぅん……」

「あああぁっっ！　だ、だめぇぇっ！　い、いっちゃう、いっちゃうっっ！　あ、あ、すごい、すご、すごすぎる……。あっあっあっ、イクぅぅぅっっっ！　あん、あ、あ、ああああぁぁぁぁぁぁぁっっっ！」

「こら、まだいくんじゃない。オマエの番はまだだ！」

「せっ、せんせぇっ！　あっ、ちがった。晃さまぁ、もう、もう、だめ、わたしもう、お願い、欲しいんです、入れてぇ、お願いします。晃さまので、晃さまのでイカせてくださいいぃぃぃ……」

と佳織がせがんだ。

「……くくく、もう少し待ってろ。順番は俺が決める。次は弘子だ。弘子、来い」

「は、はい……」

弘子が脚を広げた。

「なんだ、弘子もグチョグチョじゃないか！」

「ああっ！　だ、だって、あああっっ！　弘子だって、ほ、欲しかったから、ずっと、我慢してて、あうぅ。入るのが、入っていくのがわかる。くっ、くうぅ、あっ、あっ……、あああぁぁぁぁあっ！」

「そら、もっとよがれ！」

「あああっっ！　あ、い、いっぱい、ああっ、すごい、あっあっ、うくっ、ひっ！　あっあぁぁぁあっっ！」

こうして弘子もオーガズムを迎えた。すでに三人の愛液にまみれた坂口のモノを待ちわびている佳織に、坂口が上機嫌に言った。

「まったく、いい眺めだろう。待たせたな。オマエの番だ。佳織。こっちへ尻を向けろ」

「あっ！　はい」

佳織を貫いて、坂口が耳元で囁《ささや》く。

「どうだ、佳織。これが欲しかったんだろ？」

「はっ、ああっ！　ああぁぁぁ。そ、そうですっ、あ、ああっ！　これ、これが、ほ、欲しかった……。あああぁぁぁっ！　うぐっ、くぅぅ……、あぁぁっ、あ、あひっ！」

「そうか。そんなに感じるか？　ふっふっふっ」

「ひぐっ！　ああっ！　だってえ、ん、感じる、だ、だめっ、あっ、すぐイッちゃいそう。もっと、もっとぅ、して欲しいのにぃ。うぐっ、あっ！　そんなかき回されると、ダメェ！　すぐにイッちゃいますぅ」

「お前が待ち焦がれていたものだ。……それ！　存分に味わえ！」

「あああぁぁぁ！　あひいっ！」

「わっ、わかるか？　俺のがオマエの奥にずんずん当たっているのが……」

「はあ、はあ、うう、んん、ひ、響く、響く……。あああああぁぁぁっっっ！　ああっ、あっ、ひあぁぁぁあぁっっ！」

「どうだ？　佳織。気持ちよくて堪《たま》らないんだろ？　くくっ。よし、スパートだ！　そらっ　そら！　ふん！　うおおおおおお！」

「ぁぁぁああああああああぁっ！　ああ、だめ！　ぐう、うう、ん、ん、すごい、すごいですぅ、あ、あ、あっうあああぁぁぁぁぁ！」

「いい顔だ、佳織。……くくく、そら、そら！」

「くあぁっ！　あっ、だ、だめ、わ、わたしもう、ああぁぁっ、はあ、はあ、イッちゃう、くっ、くひぃぃっっ！　あああぁぁぁぁぁ！　ぐあああぁぁぁ、あ、あ、あ、イクッ、イッちゃう、だめ、もうだめっ、イッちゃうぅぅっっ！」

佳織の絶頂をも、なんとか坂口は射精をこらえた。

そして、それぞれぐったりしている女たち全員に声をかけた。

「……みんな、こっちに来い。顔を並べろ。うう。イクぞ！　うう……」

「ああぁぁ……」

「晃さまぁ……」

「……かけて、わたしにもっとかけてぇ……」

「くあぁっ！」

女たちはそれぞれ坂口の精液を顔で受け、それを全身に塗りたくりながら、狂ったように嬌声《きょうせい》をあげた。

「ふっふっふっ、最高の眺めだな、この世の中にこんなことのできる男がほかにいると思うか？　くくくくく

く、俺さまだけだ。この坂口晃さまだけだ。オマエたちはみんな俺の奴隷だ。わかったか！　ハハハハハハハハッ」

こうして、坂口はいつまでも笑い続けていた。

※　※　※

その数日後、坂口は弘子に屋上に呼び出された。

「あの、わたし、ご相談したいことがあって……」

彼女はなぜか思い詰めた顔をしていた。

「なんだ。言ってみろ」

「わ、わたし……、あのぅ……」

「はっきり言わないとわからないじゃないか」

「あっ、はい。あの、わたし、アレが、アレが来なくて……」

「ん？　なんだと……」

「あっ、あの……」

「……アレって、まさか……」

「はっ、はい。あの、生理が、こっ、来ないんです！」

「ほんとうなのか？　弘子」

「は、はい……」

「……そうか。うむ、いつか来るとは思っていたが……。いや、俺もそろそろ年貢のおさめどき、ということだな」

「せ、先生？」

弘子は目を見開いて、坂口を見つめた。

「あのっ、先生は院長のお嬢様、明日香さんとご結婚なさるんじゃ？」

「ふっ、意外な反応に驚いたのか？　俺のことだから、堕《お》ろせと言うと思ったのか？　これでも俺は医者の端くれだ。堕胎が女の体にどんな悪影響を及ぼすかぐらい知ってるつもりさ。それに、自分の分身が出来るというのは少なからず嬉《うれ》しいものだ。ま、相手の女にもよるが……。だが、まあ……、オマエとだったら、それも悪くないか……」

「せんせぇ！」

弘子はすっかり感動したのか、坂口の顔を胸に抱きしめた。

「弘子……、いい匂《にお》いだ……。お前の胸にこうして顔を埋めていると、なんだか落ち着くよ。弘子……、こんな俺でもいいのか？」

「えっ！　先生、は、はい……、私は先生がいいんです」

「ああ、弘子。柔らかい胸だ。気持ちがいい。今まで、俺はお前に対してずいぶん酷《むご》いことをしていた。宿直の暇つぶしのために呼び出してみたり……、奴隷扱いでおまえ自身の気持ちなど考えてもいなかった……。そんな俺にオマエは今まで付いて来てくれた……」

「もう、いいんです。せんせい」

「それなのに、俺は、俺は……」

「せんせい、そんなに自分を責めないでください。……私のことは、もういいんです」

「……弘子、ありがとう。俺は幸せものだ……」

「先生！　私、うれしい」

「……弘子、いま、何カ月なんだ？」

「あっ！　三週目です……」

「そうか、なら、まだ少々無理しても大丈夫だな。俺はしたい。入れるぞ」

坂口は突然、弘子のパンティを脱がせて、抱きしめながら自分のモノを彼女に入れた。


「あああぁぁぁあっっ！　先生、先生っ！　あっ、わたし、あああぁぁあっ！」

「こうか、こうか、弘子！」

「あああっ、先生！　先生、いい、いいのぅ、いいのぉっ、ああぁぁぁぁぁぁぁ！」

「膣《ちつ》が痙攣《けいれん》してるな。イキそうか、弘子」

「あああああああっ、あっ、あっ、だ、だめ、もう先生、いいっ、イク、あ、あ、あ、あ
あ……、んん、ん、ん……、あ、あ、ああああぁぁぁぁぁぁぁ！」

「おれもだ……、出すぞ！」

「あっ！　だ、だめえっ！　な、中はだめえぇっっ！」

「なにがだめだ。いいじゃないか」

「だ、だめっ！　わ、わたし、今日危険日、あっ！」

「……ほう？　妊婦に危険日があるとは知らなかったな、弘子。妊娠は嘘か？」

「ああうぅっ！　くっ、ご、ごめんなさいぃぃぃ、だめ、あっっっ！」

「ははっ、最初から嘘だとわかっていたぞ。そら！　思いきりかき回してやる！」

「ああああぁぁぁぁあっっっ！　先生っ！　だ、だめぇ」

「うっ、今度こそいけ！　弘子！」

「ああっ、いやっ、……あああっ、い、いくっ、いや、あああぁぁぁぁっっっ！」

「ふっふっ、バカが。俺がそう簡単にあんなこと言うわけないだろう」

坂口は弘子を犯した後、彼女をあざけるように言った。

「オマエが俺を騙《だま》すとはな。本気にしたフリをしてやったが。どうだ、名演技だったろう」

弘子の嘘を見破れたのは、坂口が普段から女たちに気づかれないようにしつつも、自分

から避妊には細心の注意を払っていたからだ。

弘子は坂口の嘲《あざけ》りにすすり泣いていた。で、坂口は、その彼女の恥ずかしい部分をむき出しにしたままの哀れな姿に、白衣をかけてやった。

悪いな、弘子、俺は人を淫《みだ》らに変える病原菌なんだ……。

頭のなかで、そううそぶきながら……。

階下のナースステーションの窓が開いているのか、その時、ツーツーツーという、鳴り止まぬ、不吉なナースコールの音が二人の耳に、また入ってきた……。

あとがき

この『淫内感染2・鳴り止まぬナースコール』は、『淫内感染シリーズ』でお馴染みのキャラクターがそろって登場するオムニバスドラマとアクションゲームを組み合わせた同名のゲームをもとに、エッチ度をさらにエスカレートして小説化したものです。

つまり、最初の『淫内感染』の設定を用いた同種のゲーム、『淫内感染・真夜中のナースコール』に引き続いて、『淫内感染2』の設定を生かして作られたゲームが原作なのです。じつはこういう先行作品のあるものは、単発のゲームのノヴェライズより、少し難しい面があります。これまでのゲームを知っている人にも、これだけ読んだ人にも、それなりに楽しんでもらわなければならないからです。小説化に当たって、もっとも苦労したのは、この問題でした。

それに『淫内感染2』のゲームを楽しんできた方ならおわかりでしょうが、もとのゲームは、当然マルチ・エンディングです。

僕自身、まず、この『鳴り止まぬナースコール』の執筆に取りかかる前に、前作、『淫内感染2』のすべてのエンディングを出して遊んでみたのですが、結局非常によくまとめ上げられていた前薗はるかさん執筆による、ノヴェライズ版『淫内感染2』を下敷きに、この短編集をまとめることにせざるをえませんでした。

とはいえ、それぞれ魅力的な、もとのキャラクターをとにかくすべて登場させました。

このシリーズのファンに登場キャラの人気投票をしてもらったら、誰がいちばんかなぁなんて、考えながら……。

まったくよくできていて、佐伯ほづみのような子どもっぽいキャラも、柳原理恵のような人妻も、御堂江美子のような熟女もそれぞれにきっとファンがいることでしょう。

それに、坂口でなくとも、いじめてみたくなるようなかわいい女性ばかりで、書いていて、自分にもけっこうサディスティックな願望があるのかなと思ったりしました。

だけど、こういうシリーズものは、どうしてもメインキャラのひとりともいうべき杉村弘子のような女の子に愛着を覚えたりする人が多いのではないでしょうか？

で、本作も、弘子で始まり、弘子で終わるという構成にしてみたのです。

(ちなみに、僕自身の好みで独断で順位をつけちゃうと、やっぱり、杉村弘子、柳原理恵、飯村真奈美なんかが上位にきちゃうのかなぁ。)

もちろん、それぞれの女の子たちが登場する各シーンのエッチ度も、最初に言ったようにアップしているはずです。

さて、『真夜中のナースコール』の続編が、『鳴り止まぬナースコール』というのも、タイトルのセンスが抜群にいいなぁって、僕は思っています。

これはまだまだシリーズを続けてもらいたいですね。

みなさんもそう思いませんか?

僕は、『鳴り止まぬナースコール』の次だったら、どんなタイトルがいいか、いいアイデアがあれば、ぜひ教えて欲しいなぁ。僕自身もいろいろと考えてみているのですが、タイトルを考える才能がないのか、コレだってのが、なかなか思いつけないので……。

最後に一言だけ蛇足をつけておきましょう。

これはあくまでも一種のファンタジーです。くれぐれも現実の女性は、みなさん大事にしてあげてください。

2000年2月　平手すなお

淫内感染2 ～鳴り止まぬナースコール～

2000年4月10日 初版第1刷発行

著　者　平手 すなお
原　作　ジックス
原　画　武藤 慶次

発行人　久保田 裕
発行所　株式会社パラダイム
〒166-0011東京都杉並区梅里2-40-19
ワールドビル202
TEL03-5306-6921 FAX03-5306-6923

装　丁　林 雅之
印　刷　図書印刷株式会社

乱丁・落丁はお取り替えいたします。
定価はカバーに表示してあります。
©SUNAO HIRATE ©ZYX
Printed in Japan 2000

〈パラダイムノベルス新刊予定〉

☆話題の作品がぞくぞく登場！

84.Kanon
～少女の檻～

Key　原作

清水マリコ　著

『Kanon』第３弾。祐一の先輩・舞は、夜な夜な学園の魔物と戦い続けていた。彼女だけが見える敵とは？

83.螺旋回廊

ru'f　原作

島津出水　著

インターネット上で繰り広げられる、不可思議な体験。主人公がレイプ情報専門のホームページで見つけた秘密とは…？

85.夜勤病棟

ミンク　原作

医者の竜二は、かつてムリヤリ体を奪ったことのある女医から、おかしな依頼を受ける。それは看護婦たちに女体実験と称し、調教を施すことだった！

86.使用済

ギルティ　原作

この世には様々な趣味嗜好の人間が存在する。夜は牝奴隷になる女や、匂いフェチのＯＬなど…。そんなマゾ女たちを裏で操っているのは女王様・サラだった。

88.Treating《トリーティング》 2U《トゥユー》

ブルーゲイル　原作
雑賀匡　著

ミュージシャンの伊之助は突然入院することに。だがその病院には美女ばかりがいた。そんな入院生活も悪くはないと思い始め…。

90.Kanon

~the fox and the grapes~
Key　原作
清水マリコ　著

『kanon』第４弾。祐一に襲いかかる、ひとりの少女。記憶をなくしたまま、なぜか彼を憎む真琴の真意は？

既刊ラインナップ

1 悪夢 ～青い果実の散花～
原作:スタジオメビウス
2 脅迫
原作:アイル
3 痕 ～きずあと～
原作:リーフ
4 慾 ～むさぼり～
原作:May-Be SOFT TRUSE
5 黒の断章
原作:Abogado Powers
6 淫従の堕天使
原作:DISCOVERY
7 Esの方程式
原作:Abogado Powers
8 歪み
原作:May-Be SOFT TRUSE
9 悪夢 第二章
原作:スタジオメビウス
10 瑠璃色の雪
原作:アイル
11 官能教習
原作:テトラテック
12 復讐
原作:クラウド
13 淫Days
原作:ルナーソフト
14 お兄ちゃんへ
原作:ギルティ
15 緊縛の館
原作:XYZ

16 密猟区
原作:ZERO
17 淫内感染
原作:ジックス
18 月光獣
原作:ブルーゲイル
19 告白
原作:ギルティ
20 Xchange
原作:クラウド
21 虜2
原作:ディーオー
22 飼
原作:13cm
23 迷子の気持ち
原作:フォスター
24 ナチュラル ～身も心も～
原作:フェアリーテール
25 放課後はフィアンセ
原作:スィートバジル
26 骸 ～メスを狙う顎～
原作:SAGA PLANETS
27 朧月都市
原作:GODDESSレーベル
28 Shift!
原作:Trush
29 いまじねいしょんLOVE
原作:U・Me SOFT
30 ナチュラル ～アナザーストーリー～
原作:フェアリーテール

31 キミにSteady
原作:ディーオー
32 ディヴァイデッド
原作:シーズウェア
33 紅い瞳のセラフ
原作:Bishop
34 MIND
原作:まんぼうSOFT
35 錬金術の娘
原作:BLACK PACKAGE
36 凌辱 ～好きですか?～
原作:アイル
37 My dearアレながおじさん
原作:ブルーゲイル
38 狂＊師 ～ねらわれた制服～
原作:クラウド
39 UP!
原作:メイビーソフト
40 魔薬
原作:FLADY
41 臨界点
原作:スィートバジル
42 絶望 ～青い果実の散花～
原作:スタジオメビウス
43 美しき獲物たちの学園 明日菜編
原作:ミンク
44 淫内感染 ～真夜中のナースコール～
原作:ジックス
45 My Girl
原作:Jam

46 面会謝絶 原作:シリウス
47 偽善 原作:ダブルクロス
48 美しき獲物たちの学園 由利香編 原作:ミンク
49 せ・ん・せ・い 原作:ディーオー
50 sonnet～心かさねて～ 原作:ブルーゲイル
51 リトルMyメイド 原作:スィートバジル
52 flowers～ココロノハナ～ 原作:CRAFTWORKside・b
53 サナトリウム 原作:ジックス
54 はるあきふゆにないじかん 原作:トラヴュランス
55 プレシャスLOVE 原作:BLACK PACKAGE
56 ときめきCheck in! 原作:クラウド
57 散櫻～禁断の血族～ 原作:シーズウェア
58 Kanon～雪の少女～ 原作:Key
59 セデュース～誘惑～ 原作:アクトレス
60 RISE 原作:RISE

61 虚像庭園～少女の散る場所～ 原作:BLACK PACKAGE TRY
62 終末の過ごし方 原作:Abogado Powers
63 略奪～緊縛の館 完結編～ 原作:XYZ
64 Touch me～恋のおくすり～ 原作:ミンク
65 淫内感染2 原作:ジックス
66 加奈～いもうと～ 原作:ディーオー
67 PILE・DRIVER 原作:ブルーゲイル
68 Lipstick Adv.EX 原作:フェアリーテール
69 Fresh! 原作:BELL-DA
70 脅迫～終わらない明日～ 原作:アイル【チーム・Riva】
71 うつせみ 原作:BLACK PACKAGE
72 X change2 原作:クラウド
73 M.E.M.～汚された純潔～ 原作:アイル【チーム・ラヴリス】
74 Fu・shi・da・ra 原作:ミンク
75 絶望～第二章～ 原作:スタジオメビウス

76 Kanon～笑顔の向こう側に～ 原作:Key
77 ツグナヒ 原作:ブルーゲイル
78 ねがい 原作:RAM
79 アルバムの中の微笑み 原作:curecube
80 ハーレムレーサー 原作:Jam
81 絶望～第三章～ 原作:スタジオメビウス
82 淫内感染2～鳴り止まぬナースコール～ 原作:ジックス

好評発売中!
定価 各860円+税

—パラダイムノベルス—

『淫内感染』シリーズ

17.淫内感染

前薗はるか　著

　城宮総合病院に赴任してきたばかりの内科医師・坂口晃。そこで女医の自慰を覗き見たことにより、淫欲の生活が始まった！

44.淫内感染

～真夜中のナースコール～

平手すなお　著

　晃が性を支配するこの病院では、毎晩淫靡な宴が繰り広げられていた。女の子にスポットを当てた、短編集。

65.淫内感染2

前薗はるか　著

　病院内のめぼしい女はほとんど手に入れ、少し退屈ぎみの晃。だが次期院長の座をめぐる、派閥抗争に巻き込まれてしまい…。